신고은

대학교에서 사회심리학을 전공했다. 여러 대학 강의와
대중 강연을 하며 일상 속 소소한 이야기를 통해 심리학 교양을
전하고 있다. 심리학을 공부하며 단단한 마음을 얻었고
다른 사람과도 이 마음을 나누고 싶다는 꿈을 꾸며 다양한
채널에서 사람들을 만난다. 『인간의 마음을 이해하는 수업』,
『이토록 치밀하고 친밀한 적에 대하여』를 썼다.

instagram @maum.book
brunch @maumgongbang
naver.band.page @maumgongbang

봄 극냥녕운 믕녀 냐

내 마음 공부하는 법

**마음에 이름을 붙이자
내 마음을 알게 되었다**

신고은 지음

유유

들어가는 말

: 마음에 이름을 붙이면

병약한 몸으로 산다는 것은 꽤 피곤한 일이다. 아픈 것 자체도 힘들지만, 남다른 시선을 견뎌야 하기에 더욱 그렇다. 어떤 시선이냐 하면, 이유 없이 자주 아픈 사람을 볼 때 그 사람에게서 어떤 문제를 찾으려 하는 것이다. 이런 시선을 아주 긴 시간 동안 경험해 왔다.

　자신의 외향적 성격을 무척이나 자부하던 사람이 있었다. 그는 원인 모를 두통을 달고 사는 나에게 말했다. 성격을 좀 고쳐 보라고, 성격이 예민해서 아픈 거라고, 자신은 살면서 단 한 번도 아파 본 적이 없다고. 그 사람 눈에는 내 성격에 문제가 있기 때문에 아픈 것이었다. 정말 내가 문제인 것일까? 아플 때마다 동네 병원을 찾았지만 특이 사항은 없다는 답변만 받았다. 어쩌면 사람들의 말이 맞는지도 모른다고 생각했다. 내가 문제구나, 내향적이면 이렇게 아프구나 하고 통증에 적응하며 살려 했다. 하지만 아픔에는 도무지 익숙해지지 않았다.

큰 병원을 찾은 건 몇 해 전 겨울이었다. 두통과 근육통의 주기가 점점 짧아지고, 마치 괴사한 것처럼 발끝이 보라색으로 변하기 시작한 것이다. 제대로 된 검사를 받은 끝에 듣도 보도 못한 독특한 병명을 얻게 되었다. 확진된 것은 차라리 반가운 사건이었다. 알 수 없는 통증으로 고통받았던 시절이 이제 끝난 것이다. 아픔이 끝난 건 아니지만 적어도 왜 아픈지는 알 수 있었다. 아파도 될 명분을 얻은 것 같았다.

병명이 생기니 이런 점이 좋았다. 원인을 찾아볼 수 있다, 피해야 하는 상황을 알아챌 수 있다, 해결 방법을 찾아볼 수 있다. 하지만 이 모든 것보다 좋았던 것은 사람들의 반응이 바뀌었다는 사실이었다. 이름을 붙이니 아픔이 정당화되었다. 말도 안 되는 이유로 비난받는 일이 줄었다.

후원금을 모금하는 광고 영상을 보면 뼈만 남은 아이

들이 우리를 바라본다. 아이의 얼굴에는 파리떼가 윙윙거리며 맴돈다. 그 장면만 봐서는 그들의 배고픔을 알 수 없다. 대략 짐작만 할 뿐 같은 고통을 느끼지는 않는다. 혹여 탁월한 공감 능력을 발휘한다 해도 그들이 직접 경험한 수준에는 못 미친다. 고통은 당해 보지 않고는 모른다. 그 사람이 되어 보지 않고, 그 사람의 삶을 살아 보지 않고는 말이다.

하지만 직접 경험해 본다면 이야기는 달라진다. 나에게 성격을 바꿔 보라며, 자기처럼 성격이 느긋하고 대범하면 아플 일이 없다고 자부하던 그 사람은 아이러니하게도 몇 개월 후 항암 치료를 받게 되었다. 다행히 초기에 발견해 완치가 되었다. 그 뒤로 성격 때문에 아프다는 말은 꺼내지 않는다. 당신이 아픈 것이 암 때문인 것처럼 내가 아픈 것도 어떤 병 때문일 뿐이다. 누구의 잘못도 문제도 아니라는 걸 이제는 알았을 터였다.

이 일을 겪고 나는 문득 생각해 보았다. 마음에도 이름을 붙여 주면 어떨까?

누구나 가슴속에 크고 작은 상처를 품고 살아가지만 어떤 사람의 상처는 다른 사람에 비해 유독 깊고 선명하다. 이 마음의 표식은 알게 모르게 겉으로 드러나 사람들이 눈치채도록 만든다. 그때 그 아픔을 눈치챈 사람은 이렇게 의심한다. 너에게 문제가 있기 때문에 그렇게 힘든 게 아닐까?

마음을 정확히 진단하지 못한다면 어떤 일이 벌어질까? 원인 모를 고통을 호소하는 환자처럼 손가락질을 받는다. 별것도 아닌 일에 예민하게 군다고, 누군 힘들지 않은지 아냐고. 어떤 사람은 말을 꺼내기가 무섭게 불행 배틀을 신청하기도 한다. 내가 적어도 너보단 더 힘들다고, 네까짓 건 힘든 것도 아니라고. 그러니 어떤 말을 꺼낼 수 있을까.

우리는 스스로에게 받은 상처로 실망과 후회를 하며 살아가고, 타인에게 받은 상처로 원망과 미움을 품으며 나아간다. 이런 상황을 겪으면 느끼는 감정이 있고, 저런 사람과 함께하면 받는 상처가 있다. 이는 누구나 가질 수 있는 보편적인 마음이다.

하지만 마음의 통증도 몸의 통증과 마찬가지로 타인의 공감을 얻긴 힘들다. 힘겨움을 아무리 토로해도 같은 상황에 처해 보지 않고는 공감할 수 없기 때문이다. 의지로 이겨 내라는 말이 나오는 이유다. 그럴 때 마음에 이름을 붙여 주면 어떨까? 당신이 받은 상처 그리고 그 상처로 인해 퍼져 나가는 마음의 파동은 보편적인 거라고. 이렇게 이름도 있다고. 그러니까, 원래 그런 거라고.

마음에 이름을 붙여 준다는 건 당신이 유난스럽지 않다고 말해 주는 것과 같다. 그런 상황이라면 누구라도 그럴 거라고, 충분히 그럴 수 있다고 위로를 건네는 것과도 같다. 기침하는 사람에게 감기에 걸리면 원래 그런 거라고 말하는 것처럼, 네가 그런 반응을 보이는 건 그런 마음이라서 그런 거라고 말해 줄 수 있다. 마음에 이름을 붙인다는 건 힘든 상황에 처한 이가 목 놓아 울 수 있도록, 기댈 수 있도록, 마음껏 힘들 수 있도록 명분을 주는 것이다.

심리학은 마음에 이름을 붙여 주는 학문이다. 보편적인 사람들의 보편적인 마음에 하나의 이름을 달아 주는 작업이다. 그 이름표는 원래 그런 거라고 인정해 주는 일종의 확인서와도 같다. 그래서 이름표를 붙인 사람은 마음에 솔직해질 수 있고 당당해질 수 있다. 그 솔직함과 당당함은 상처를 직면하고 이겨 내는 데 자양분이 된다.

오늘도 나는 보편적인 마음에 이름을 붙인다. 상처받는 것은 피할 수 없지만 상처받았다는 사실 때문에 또 한번

받게 될 상처를 거절하기 위해서. 내가 만든 이름표가 당신의 가슴에도 하나둘 달리기를 희망하며 이 글을 쓴다.

2장　　　　그와 마주 서는 법

3장   앞으로 나아가는 법

1장 ███████

나와 마주 서는 법

위로의 말을 찾지 못할 때

유머

한 심리 전문가의 인터뷰 영상이 논란을 일으킨 적이 있다. 그는 청소년 상담사였는데, 중고등학생의 자살 이야기를 하면서 자기도 모르게 피식 웃었던 것이다. 해당 영상에 살벌한 댓글이 달리기 시작했다. 소름 끼친다, 상담사 공감 능력 무엇, 저만 무섭나요? 하며. 그는 자살이라는 사회적 문제를 얘기하면서 왜 웃음을 보인 걸까? 한 소설 속 장면을 살펴보면 이해가 될지 모른다.

체코 소설가 보후밀 흐라발의 『너무 시끄러운 고독』은 주인공 한탸의 독백으로 이루어진 소설이다. 그는 책을 너무 사랑한 나머지 버려질 책을 폐기하는 일을 직업으로 선택한다. 그리고 35년 동안 매일 곰팡이 가득한 지하실에서 버려질 책을 읽으며 삶을 바친다. 그러나 끝나지 않을 것 같던 그의 일에 곧 변화가 찾아온다. 바로 수압 압축기가 등장한 것이다. 새로운 기술의 등장으로 그는 평생의 일자리를 한순간에 잃는다. 그 순간 한탸는 이렇게 고백한다.

> 삼십오 년을 잉크와 얼룩 속에서 일해 온 내가, 더럽고 냄새나는 폐지 더미 속에서 선물과도 같은 멋진 책 한 권을 찾아낼지 모른다는 희망으로 매 순간을 살아온 내가, 이제 비인간적인 백색 꾸러미들을 만들어야 하는 처지에 놓이게 되다니! 이런 통고를 받자 나는 평정심을 잃고 벌렁 나자빠졌다. 흐느적대는 꼭두각시처럼 계단 맨 아랫단에 주저앉았다. 소장의 통고에 마음이 몹시 갑갑해졌고, 입가에는 실성한 미소가 떠올라 사라질 줄 몰랐다.

보후밀 흐라발, 이창실 옮김, 『너무 시끄러운 고독』, 문학동네, 2016, 106쪽

한탸는 자신의 이야기를 '러브 스토리'라고 부를 정도로 일을 사랑했다. 그런데 바로 지금, 당장에 그 일을 떠나보내게 생겼다. 하지만 아이러니하게도 그의 얼굴에는 미

소가 사라지지 않았다. 왜일까? 생각해 보니 일이 그렇게 즐겁지 않아서? 드디어 일에서 벗어났다는 해방감에? 아닐 것이다. 어이가 없어서, 앞으로가 막막해서, 상실감에 마음이 공허해져서. 이런 복잡한 마음에 피식 웃음이 나와 버렸을 것이다. 우리는 정말 황당한 일을 맞닥뜨리면 실소를 보인다. 그 웃음은 결코 유쾌해서 나오는 것이 아니다.

사람들은 지금의 마음 상태와 정반대되는 표현을 간혹 하곤 한다. 심리학자 지크문트 프로이트는 이를 일종의 '방어기제'Defense Mechanism라고 소개했다. 현실이 받아들일 수 없을 정도로 힘들 때, 극복할 수 없을 만큼 막막할 때, 불안을 직면하고 해결할 자신이 없을 때 감정을 억압하는 것이다.

어른으로 불리기엔 철이 없던 이십대 초반, 친한 친구의 아버지가 돌아가셨다. 내 인생의 첫 장례식이었다. 죽음을 받아들이기엔 어렸고, 친구를 위로하는 법도 몰랐다. 엄마에게 배운 대로 검은 옷을 입을 줄만 알았을 뿐이다. 빈소에 도착했다. 친구는 겨우 눈물을 멈춘 모습으로 앉아 있었다. 그러다 나와 눈이 마주쳤다. 그러자마자 다시 눈물을 터트렸다. 나는 친구를 안고 무슨 말을 할까 고민하다 이렇게 말했다. "입맛 없지? 이참에 살 빼자."

살 빼자? 그 말이 입에서 튀어나온 순간 나조차 그런 말을 했다는 사실을 믿을 수가 없었다. 말이 형태로 남는다면 당장이라도 주워 담고 싶었다. 이게 무슨 말도 안 되는 헛소리인가. 살을 빼라니, 살을 빼라니…… 내가 정말 정신이 나갔구나.

안타깝게도 나의 말실수는 이날로 그치지 않았다. 할머니가 돌아가시고 몇 년 뒤 할아버지가 돌아가셨을 때 일이다. 조문객의 인사를 받다 지친 아빠가 테이블에 앉아 있었다. 그때 나는 아빠의 볼록한 술배를 쓰다듬으며 "우리 아빠 이제 진짜 고아 됐네"라는 헛소리를 또 내지르고 말았다. 아, 나는 정말 구제 불능인 걸까?

이 말도 안 되는 실수의 원인을 나중에야 알게 되었는데, 이건 나의 방어기제였다. 불안한 심경을 웃음으로 승화해 보려는 '유머'라는 방어기제 말이다. 많은 사람이 불안하고 받아들이기 어려운 상황에 직면하면 그 상황을 위트 있게 바라보려 시도한다. 누구 성적이 더 낮은지 배틀하는 청소년. 성적 발표 후 "교수님, 잘 지내세요? 왜 잘 지내세요?" 같은 우스갯글을 게시판에 올리는 대학생. '알바 잘린 썰 푼다, 면접 떨어진 썰 푼다' 등 실패 경험담을 시트콤처럼 표현하는 청년. SNS에 엉망이 된 집 안 사진을 업로드하고

"아드님 오늘도 수고하셨어요" 하고 극존칭을 쓰며 육아 현황을 공유하는 부모. 다 뜯긴 벽지 사진에 '#평화로운우리집' 해시태그를 달아 정신 승리하는 견주. 교통사고가 난 차 사진을 올리고 'ㅋ'을 난발하는 사람. 이들 모두 불편한 감정을 재치로 승화하려는 것이다. 나는 친구 아버지와 아빠의 아버지, 그러니까 할아버지의 죽음을 위로할 만큼 성숙한 자아를 갖지 못했다. 함께 슬픔을 감당할 만큼 마음이 튼튼하지도 않았다. 누군가의 아픔과 불안을 떠안아 주지 못한다는 압박감이 나도 모르게 헛소리를 지껄이게 만들었다. 유머랍시고 말이다.

유머를 가장 잘 사용하는 사람은 유머가 곧 직업인 코미디언이다. 그들 중 많은 이가 자신의 단점을 개그 소재로 삼곤 한다. 사람들은 그런 장면을 보고 즐거워한다. 하지만 나는 자아가 건강하지도 않은 주제에 유머의 스킬마저 미숙해 분위기가 싸해지는 상황을 연출했다. 만약에 유머 감각이 뛰어나다면 이 방어기제를 사용하는 것이 효율적이지 않을까?

몇 해 전 한 예능 프로그램에서 코미디언의 스트레스를 측정하는 장면이 나왔다. 출연자의 스트레스 지수로 순위를 매겼는데 그날 일등을 거머쥔 사람, 그러니까 스트레스가 가장 높았던 출연자가 카메라를 바라보고 외쳤다. "여보! 나 일등 먹었어." 그 장면에 많은 시청자가 배꼽을 잡았다. 당사자도 마찬가지였고 나도 그랬다. 극도의 스트레스를 받는 자신의 상태를 유머로 승화한 것이다. 하지만 그 후로도 그는 병원에 다니느라 자주 자리를 비웠고, 얼마 지나지 않아 불안장애로 모든 프로그램에서 하차했다.

유머와 같은 방어기제는 제법 성숙해 보인다. 우는 사람보다 웃기는 사람이 보기 편하고, 분노만 하는 사람보다 유머로 해소하는 사람이 쿨해 보이니까. 그러나 그럴듯해 보여도 건강한 방어기제는 아니다. 성숙해 보이는 방어기제라 할지라도 괜찮아지는 주체는 당사자가 아닌 타인이기 때문이다. 그 방어기제로 인해 편안해지는 사람은 힘든 사람을 '보는 사람'이다. 그 사람 자체가 아니고.

방어기제를 사용하는 이유는 고통을 직면할 만큼 마음이 단단하지 않아서다. 마주한 힘듦을 해결할 만큼 성숙하지 못하기 때문이기도 하다. 하지만 불안에 휩쓸려 무너지는 것보다 그렇게라도 버텨 보는 게 나을지도 모른다. 이렇게 보면 방어기제는 차악이 될 수도 차선이 될 수도 있다. 하지만 방어기제에 익숙해지면 현실을 외면하게 된다. 헤쳐 나갈 수 있는데도 숨고 만다.

우리는 시간이 지날수록 단단해진다. 고통에 당당히 맞설 힘을 갖게 된다. 그러니 문제를 바라볼 수 있을 때는 바라봐야 한다. 조금 번거롭고 골치 아프고 버거울지라도 마주서는 도전을 해 보아야 한다. 경험치가 쌓이면서 더 큰 고난도 이겨 낼 힘이 생길 테니까.

지난 일을 자꾸 되돌아볼 때

사 후 가 정 적 사 고

오, 가정법 과거완료 시제는 가장 슬픈 시제예요. 만약, 만약, 만약! 늘 만약이라고 하니까요. 마치 미리 알았더라면 상황이 나아지기라도 했을 것처럼요.

케이트 더글러스 위긴, 박상은 옮김, 『나의 친구 레베카』, 앤드, 2021, 88쪽

층간소음은 끔찍하다. 우리 부부의 첫 번째 집에서 그 끔찍한 일이 일어났다. 결국 새로운 터전을 알아보기로 했다. 조건은 딱 두 가지. 꼭대기 층일 것, 직장에서 가까울 것. 도심에서 조금 떨어진 곳에 조건이 맞는 집이 나타났다. 하

지만 사람의 마음이 참 간사하게도 허점이 보이기 시작했다. 위치가 애매하고 아파트는 노후했다. 전세로 들어가자니 리모델링 비용이 아깝고, 매매를 하자니 나중에 나오기 힘들 것 같았다. 고민을 하던 우리를 보고 집주인이 보채기 시작했다. 이 가격에 이만한 아파트 못 구한다고, 살기 좋다고, 이왕 할 거 전세 말고 매매로 하라고. 집주인의 부추김이 오히려 반감을 샀다. 급한 일 아니니 조금 더 생각해 보기로 하고 집을 나왔다. 그리고 몇 달 후, 그 아파트의 매매가가 이억 이상 올랐다는 소식을 들었다. '아아! 그때 그 집을 샀어야 했는데!' 생각은 꼬리에 꼬리를 물고, 억울해서 잠을 설치기에 이르렀다. 집주인을 떠올리며 '네가 사는 그 집, 그 집이 내 집이었어야 해' 분노의 노래를 불렀다. 만약 내가 그 집을 샀더라면, 집주인이 보채지만 않았더라면, 기존 집의 계약 기간이 만료되었더라면, 위층이 조금만 더 시끄러웠더라면, 그랬다면, 그랬다면 그 집이 내 집이었을 텐데…… 이억이 내 돈이었을 텐데!

우리는 자주 과거를 돌아보며 '만약 ~했다면 ~했을 텐데'라는 생각의 늪에 빠진다. 이런 사고를 '사후 가정적 사고'Counterfactual Thinking라고 부른다. 이미 일어난 후에 가정해 보는 생각. 그렇다. 나는 사후 가정적 사고의 소용돌이에 빠져 버리고 말았다. 돌이킬 수 없는 과거의 개미지옥 속으로. 우리는 바꿀 수도 없는 과거를 왜 아쉬워하며 살아가는 것일까. 이미 지나쳐 버린 일인데. 이는 사후 가정적 사고의 중요한 기능 때문이다.

삶은 반복된다. 어제 일어난 일이 내일 다시 일어나지 않는다는 법은 없다. 또다시 이억이 오를 집이 내 앞에 나타날지도 모른다. 사후 가정적 사고는 자신의 선택을 돌이켜 보게 하고 반복되는 실수로부터 우리를 보호한다. 미래를 대비하게 만드는 것이다. 가령 아이가 미끄럼틀을 타고 내려오며 아래를 구경하다 모래밭으로 쿵 떨어졌다고 해 보자. 팔을 다쳐 주사를 맞고 상처를 꿰매야 할 수도 있다. 그 끔찍한 과정 동안 아이는 생각할 것이다. 만약 내가 조심했다면, 아래를 보지 않았다면 지금 병원에 오지 않았을 텐데. 이런 생각으로 인해 아이는 조심성 있는 아이로 성장한다. 이제 아이는 미끄럼틀에 올라가더라도 떨어지지 않도록 옆을 꼭 잡고 앞을 보는 아이가 될 것이다.

그렇다고 사후 가정적 사고를 열심히 하라는 것은 아니다. 사후 가정적 사고는 후회를 불러일으키기 때문이다. 자신의 선택이 잘못되었다고 여겨지면 자존감이 떨어지고 부정적 감정을 겪게 된다. 물론 부정적 감정이 가진 이점도 있다. 이 감정을 해소하고자 열심히 노력하게 되니까. 하지만 노력만으로 바꿀 수 없는 상황이 있다. 그때 부정적 감정은 제 힘을 발휘하지 못한다.

어떤 사람이 로또 2등에 당첨되었다. 아! 마지막 숫자를 35 말고 36으로 찍었어야 했는데! 이 생각을 한다고 다음번 당첨 확률이 올라가진 않는다. 화만 날 뿐이다. 그러니 우리를 무력하게 만드는 사후 가정적 사고는 당장이라도 멈추는 것이 좋다.

사후 가정적 사고는 때로 유쾌한 웃음을 자아낸다. 나쁜 일이 생겼을 때만 '만약 그랬다면 얼마나 좋았을까?' 생각할 것 같지만 그렇지 않기 때문이다. 반대의 경우, 그러니까 일이 잘 풀린 경우에도 사후 가정적 사고는 멈추지 않는다.

서울역에서 미팅이 잡혔다. 약속 장소와 기차역은 걸어서 고작 10분 거리였다. 하지만 나는 돌아오는 교통편으로 굳이 버스를 선택했다. 막차를 핑계 삼아 일찍 나오려는 영리한 계획을 짰기 때문이다. 버스 시간은 다가오는데 미팅 분위기는 애매했다. 파할 듯 말 듯 유지되고 있었다. 내가 먼저 일어나는 순간 다들 일어날 분위기였다. 아아, 나는 그냥 나만 조용히 빠져나오고 싶었을 뿐인데. 상황을 예의 주시하던 나는 더 이상 늦어서는 안 될 즈음이 되어서야 자리에서 일어났다. 슬픈 예감은 틀리지 않았고, 예상대로 다들 주섬주섬 옷을 챙기기 시작했다. 그들은 카운터 앞에서도 한참 동안 인사를 나누었다. 그동안 시곗바늘은 차 시간을 향해 가고 있었다. 가장 막내였던 나는 모두 자리를 떠난 후에야 발걸음을 뗄 수 있었다. 미친 듯이 달리기 시작했다. 지하철 시간을 계산해 보니 아슬아슬했다. 터미널에 찜질방도 있다던데 그냥 포기해 버릴까 고민했다. 하지만 일단 달렸다. 도착한 시간은 버스 출발 3분 전. 숨을 고르며 승차장을 찾는데 내가 타려는 버스가 없었다. 아뿔싸, 타려는 버스는 경부선, 내린 곳은 호남선이었다. 나는 미친 사람처럼 「비 내리는 호남선」을 부르며 달리기 시작했다. 다행히 내가 타려던 버스는 그 자리에서 나를 기다리고 있었고 '홈 스위트 홈'으로 돌아갈 수 있었다.

긴박했지만 아름다운 마무리였다. 이제 마음 편히 잠이나 청하면 되었다. 그런데 내 머릿속을 떠나지 않는 생각이 있었다. 어휴, 포기했으면 큰일 날 뻔했네. 만약에 안 달렸으면 어쩔 뻔했어. 이런 생각이 멈추지 않았다. 사후 가정적 사고를 했던 것이다. 이미 잘 풀린 일인데도 사후 가정적 사고를 하는 이유는 뭘까? 이 감정을 유지하고 싶은 마음 때문이다. 좋은 감정이 들 때 우리는 그 상태를 지속하고 싶어 한다. 최악의 상황을 피했다는 안도감은 이를 극대화한다. 다행이라는 생각이 현재의 만족감을 배가시키는 것이다.

2016년 리우 올림픽 당시 일이다. 여자 수영 시합 후에 이루어진 인터뷰 장면이 화제가 되었다. 인터뷰 대상은 동메달을 딴 중국 선수였다. 그녀는 메달권에 들었다는 사실에 기뻐하며 해맑은 미소를 지었는데 그 장면이 많은 사람을 유쾌하게 만들었다. 그녀는 0.01초 차이로 은메달이 아닌 동메달을 따게 되었다. 기자는 눈치 없이 계속해서 아쉽지 않냐는 질문을 했다. 하지만 그녀는 전혀 개의치 않았다. 너무 행복하고 이 모든 결과에 감사한다며 기쁨으로 포효했다.

0.01초. 조금만 빨랐다면 좋았을 텐데 왜 아쉬워하지 않았을까? 그녀는 자신이 가진 기록보다 훨씬 더 빠른 시간 내에 결승선을 통과했다. 다시 말해 메달을 기대할 수 없는 실력이었다. 그런데 시합 당일 신기록을 세우고 메달권에 진입했다. 조금만 늦었어도 받을 수 없는 선물이었다. 그녀는 안도감에 행복할 수밖에 없었다. 실제로 은메달리스트는 동메달리스트보다 행복감을 덜 느낀다고 한다. 동메

달리스트는 '만약에 1초만 늦었다면 메달을 받지 못했을 텐데!'라고 생각하는 반면 은메달리스트는 '만약 한 발만 앞섰다면 내가 금메달이었을 텐데!'라고 생각하기 때문이다. 어디에 기준을 두고 사후 가정적 사고를 하느냐에 따라 결과에 만족할 수도 못할 수도 있는 것이다.

우리의 오늘에는 좋은 순간과 나쁜 순간이 얼기설기 얽혀 있다. 우리는 어느 순간에 기준을 두고 뒤를 돌아볼까? 이왕 뒤를 돌아볼 거라면 기분 좋아지는 생각을 하는 게 어떨까. '만약 그랬으면 얼마나 좋았을까?' 대신 '만약 그랬다면 큰일 날 뻔했네!' 하고 말이다. 알고 보면 우리의 삶은 다행스러운 일의 연속이니까.

잊고 싶은 일이 자꾸 떠오를 때

사고억제의 역설적 효과

남들에겐 별것 아닌데 나에게는 유독 견디기 힘든 것이 있다. 그중 하나가 화면 속 잔인한 장면을 보는 것이다. 깡패가 칼로 경찰의 배를 찌르려 한다. 그러면 경찰은 여지없이 손으로 칼날을 움켜잡는다. 깡패는 힘을 줘 칼을 더 깊게 찌르고 경찰의 손에선 피가 주르륵 흐른다. 자극적인 영화에서 흔히 볼 수 있는 클리셰다. 나는 이런 유의 장면을 보는 것이 너무나도 고통스러워 한국 느와르 영화는 무조건 거른다. 왜 이렇게까지 고통스러운 걸까?

이마와 가까운 뇌 부위인 전두엽에는 '거울뉴런'Mirror Neuron이라는 친구들이 살고 있다. 이 친구들이 하는 일은 눈앞에 보이는 사람이 경험하는 것을 마치 자신이 경험하는 것마냥 생생하게 느끼도록 만드는 것이다. 경찰이 칼을 쥐는 장면을 보면 마치 그 칼이 내 손을 파고드는 것처럼 손바닥이 아려 온다. 이런 현상이 나타나는 건 거울뉴런의 작품이다. 그런 장면을 떠올리니 글을 쓰는 지금도 손바닥이 쓰라리다. 나의 거울뉴런이 열심히 일하고 있는 모양이다.

2011년 개봉한 『써니』라는 영화가 떠오른다. 유쾌한 여고생 시절의 추억을 다룬 아름다운 휴먼 드라마다. 하지만 내 기억 속에는 다소 충격적인 영화로 남아 있다. 잊지 못할 한 장면 때문이다.

축젯날, 본드 흡입으로 퇴학당한 상미가 등장한다. 여전히 본드에 취한 상미는 눈이 풀린 채 친구들에게 음료수를 마시자고 권한다. 친구들은 그런 상미의 모습에 두려워하고, 본드 사건으로 사이가 멀어진 춘화와 상미가 몸싸움을 시작한다. 음료수 병이 깨지고, 상미는 자기 손에 들려 있던 병으로 춘화의 가장 예쁜 친구 수지의 얼굴을 긋는다. 날카로운 유리 파편이 수지의 볼을 스치고 1초, 2초, 3초 후 볼에 피가 송골송골 맺힌다. 그리고 이내 피범벅이 된 수지는 거울을 보고 기절한다.

상상도 못한 장면이 등장하자 나는 굳어 버렸다. 수지

의 볼에 피가 맺히는 순간 나의 볼도 아려 왔고, 숨이 쉬어지지 않았다. 영화 속 수지와 영화관 속 나는 함께 공황 상태에 빠졌다. 문제는 영화를 본 후였다. 그 장면이 길을 걷다가도 책을 읽다가도 밥을 먹다가도 내 마음속으로 침투했다. 고개를 절레절레 젓고 귀를 막고 소리를 지를수록 그 장면은 선명히 펼쳐졌다. 특히 잠을 자려 누웠을 때 가장 심했다. 눈만 감으면 내 볼에 피가 흐르는 느낌이 나고 볼이 쓰라려 잠을 잘 수 없었다. 악몽 같은 날은 일주일이 넘도록 지속되었다.

　마음은 참 아이러니하다. 좋은 생각만 하고 나쁜 생각은 하지 않는 게 좋다는 걸 안다. 그걸 원하기도 한다. 하지만 아무리 애써도 나쁜 생각이 머릿속에서 떠나지 않는다. 아니, 애를 쓰면 쓸수록 더 깊게 뿌리를 내리고 나가지 않겠다고 버틴다. 내가 싫다는데 대체 왜?

　코카콜라 광고에는 크고 하얀 북극곰이 나온다. 광활한 눈밭에 앉아서 벌컥벌컥 콜라를 마시는 맹수. 자, 나는 지금부터 이 곰에 대해 생각하지 않을 것이다. 이 글을 읽는 당신도 나와 함께 도전해 보길 바란다. 시작!

　어떤가? 생각하지 않을 수 있나? 참 신기하다. 내 평생 흰곰에 대해 생각해 본 적이 거의 없는데, 흰곰을 생각하지 않으려고 다짐한 순간부터 흰곰이 아른거리기 시작한다. 흰곰을 생각하면 안 된다고 마음먹을수록 흰곰에 대한 상상 속으로 빠져들었다. 왜일까?

사실 이건 내가 만든 도전이 아니다. 미국 심리학자 대니얼 웨그너의 실험 장면이다. 웨그너는 사람들이 특정 생각을 거부할수록 그 생각에서 벗어날 수 없음을 실험으로 증명하고자 했다. 그의 연구팀은 실험에 참여한 사람들을 앉혀 두고 흰곰에 대해 생각하지 말라고 지시했다. 만약 흰곰 생각이 나면 책상에 놓인 종을 치라고 했다. 어떤 일이 벌어졌을까? 땡! 땡! 땡! 땡! 땡! 종소리의 대향연이었다.

사람들은 생각하지 않으려 할수록 그 생각에서 벗어나지 못한다. 참으로 역설적인 현상 아닌가? 그래서 이를 '사고억제의 역설적 효과'Ironic Process Theory라고 부르게 되었다(애칭은 흰곰 효과다).

누구에게나 흰곰이 있다. 떠올리기 싫어도 따라다니는 지긋지긋한 기억. 나의 첫 번째 흰곰은 다섯 살 때 나타났다. 당시 개그맨 이홍렬이 진행하는 『이홍렬 쇼』라 예능 프로가 있었다. 콧구멍이 크기로 유명했던 그는 오백 원짜리 동전을 코에 넣는 기이한 개인기를 선보였다. 너무나도 따라 해 보고 싶었다. 그래서 자기 전에 엄마 몰래 콧구멍에 넣을 만한 것을 찾아 방 안을 뒤지기 시작했다. 그러다 끊어진 팔찌에서 나온 가짜 진주를 발견했다. 이 진주를 코에 넣을까 말까 고민하던 찰나, 긴장한 나는 숨을 크게 들이마셨고 그 바람에 진주가 콧속으로 빨려 들어갔다. 라면이 코로 넘어갈 때처럼 눈물이 핑 돌았다.

이 경험은 나에게 엄청난 충격으로 남았다. 진주가 코를 찌르는 느낌은 너무나도 선명했고 다시는 떠올리고 싶지 않았다. 하지만 생각하지 말아야지 말아야지 다짐할수록 그 느낌은 더 강하게 자리 잡았다. 코끝이 아려 오고 심장이 두근거렸다. 나의 첫 흰곰이었다.

사람 많은 버스 정류장에서 철퍼덕 넘어져 큰절을 한 일, 밑도 끝도 없는 말실수를 했던 일, 쉬는 시간에 자다가 나도 모르게 방귀를 뀐 일, 조용한 도서관에서 울린 꼬르륵 소리. 아 그때 이렇게 되받아쳐야 했는데 하며 두고두고 후회하는 말싸움, 배신당했던 경험, 수많은 실수와 실패. 모두 다시는 떠올리기 싫은 기억이다. 하지만 자려고 눕기만 하면 그 기억이 찾아온다. 이불을 아무리 세게 차도 사라지지 않는다. 흰곰처럼.

청소년 흡연 방지 캠페인을 보고 적잖이 당황한 적이 있다. 교복을 입은 학생들이 전자 담배를 피우는 장면이 나왔기 때문이다. 이건 딸기 향, 이건 망고 향 하며 연기를 빨아들이는 입이 클로즈업되었다. 그러다 광고의 주인공으로 보이는 학생이 이렇게 외쳤다. "전자 담배도 담배니까! 나는 담배를 피우지 않는다! No담!" 이 광고가 과연 효과가 있을까?

금연 중인 사람에게 가장 시련을 주는 것은 드라마나 영화의 흡연 장면이다. 눈앞에 펼쳐진 자욱한 담배 연기를 보자마자 잊고 있던 욕구가 올라온다. 아, 나도 한 대 피우고 싶다. 화면 속 담배가 트리거가 되어 금연자는 담배 생각을 하게 되고 그 생각을 멈추려 노력한다. 하지만 노력할수록 담배 생각은 간절해진다. 흰곰이 된 것이다. 실제로 금연 중인 사람이 이 광고를 보고 채널을 돌렸다고 한다. 하지만 이미 생각난 이상 벗어나기가 어려워 적잖이 고생했다고 한다. 그러니 이 광고는 흡연 독려 캠페인에 더 가깝다고 말할 수 있겠다. 광고의 한 장면이 촉매제가 된 셈이다.

사고억제의 역설적 효과로부터 벗어날 방법은 없을까? 생각하고 싶지 않은 생각에 빠져 계속 허우적거리며 살아야 하는 걸까? 다행히 '흰곰병'을 치료할 방법이 있다. 바로 딴생각을 하는 것이다.

흰곰을 생각하지 말자고 다짐해 봤자 소용없는 이유

는 머릿속이 비어 있기 때문이다. 우리의 머리는 생각이 멈추는 것을 허용하지 않는다. 어떤 생각이든 채워 놓으려 한다. 이때 어떤 적군을 들어오지 못하게 막는다면 그들은 더 힘차게 들어오려고 애를 쓴다. 흰곰이 바로 그들이다. 흰곰은 비어 있는 공간을 틈타 비집고 들어오려 한다. 하지만 머릿속을 다른 것으로 채운다면 어떨까? 흰곰이 들어올 틈이 없어진다.

머릿속을 채우는 것은 간단하다. 뜬금없는 생각을 하면 된다. 예를 들어 기린을 생각해야지, 하마를 생각해야지 마음을 먹어 본다. 이제 내 머릿속은 목이 긴 기린, 엉덩이가 토실한 하마의 모습으로 채워진다. 그들을 바라보느라 흰곰을 생각할 여지가 없다. 어떤 대상이 머릿속을 채우는 순간 생각을 전환하기 어려워진다. 흰곰을 굳이 생각하지 않게 되는 것이다.

앞서 나는 흰곰 효과를 설명하기 위해 함께 도전해 보자고 제안했다. 나와 함께 흰곰을 떠올리지 말아 보자고. 하지만 대부분의 독자는 흰곰의 세계에 빠지지 않았을 것이다. 왜? 사고억제를 잘하는 특별한 능력이 있어서? 아니다. 이미 다른 생각이 머리에 가득 차 있었기 때문이다. 그래서 하고 싶은 말이 뭔데, 다음에 무슨 내용이 나올 건데? 이런 생각을 하며 활자를 따라가느라 내 제안은 슬쩍 넘어가 버렸을 것이다. 본의 아니게 다른 생각을 하느라 흰곰의 늪에 빠질 일이 없었으리라.

최근 내게는 귀신이 흰곰이었다. 드라마 『호텔 델루나』를 보면서부터다. 이 드라마의 배경은 죽은 사람이 저승으로 가기 전 이승의 원한을 풀기 위해 쉬어 가는 호텔이다. 그래서인지 피범벅이 된 귀신이 자주 등장한다. 드라마를 보고 샤워를 하는데 귀신이 나타날 것만 같은 생각이 침투하기 시작했다. 천장을 보면 눈알이 파인 얼굴이 보일 것만 같았다. '으으! 떠올리지 말아야지!' 생각할수록 더 구체적으로 상상되었다. 이놈의 흰곰!

나는 몰입감이 더 큰 생각이 필요했다. 아주 스트레스가 되는 생각. 찾아냈다. '아, 연말정산 해야 하는데' 이 생각과 동시에 귀신은 사라졌다. 생각하려야 생각할 틈이 없었다. 두려움이 사라졌다. 하지만 짜증이 올라왔다. 연말정산이라니. 이런 방식은 또 다른 어려움을 주니 더 좋은 방법을 택하는 것이 좋겠다. 기분 좋아지는 상상 같은. 그래서 이제는 자기 전에 무서운 생각이 들면 스마트폰을 열고 해시태그 '#댕스타그램'을 검색한다. 그러면 귀여운 털북숭이 강아지의 엉뚱한 영상이 주르륵 나온다. 귀여운 생각은 꼬리에 꼬리를 물고, 앞으로 키우게 될 강아지까지 기대하게 된다. 머릿속은 희망과 행복으로 가득 찬다.

누구에게나 떠올리고 싶지 않은 흰곰이 있다. 하지만 흰곰은 머릿속에서 내쫓으려 할수록 더 깊은 곳에 닻을 내린다. 다른 것으로 채우자. 기왕이면 좋아하는 것들로 가득 채우자! 흰곰이 들어올 틈이 없도록.

기대를 저버리는 게 겁이 날 때

내 입으로 말하긴 부끄럽지만 중학교 때 별명이 천연기념 물이었다. 때 묻지 않은 순수함을 품어 보호해야 할 존재. 천연기념물로 선정(?)되면 어마어마한 혜택을 받을 수 있었다. 각종 어둠의 세력으로부터 보호받는 것이다. 술과 담배의 유혹은 물론이거니와 연애, 교복 줄이기, 염색이나 화장을 하지 않아도 용서받았다. 오히려 그 순수함을 경배(?)하는 식이었다. 이게 정녕 혜택인가?

그들의 눈에 비친 것처럼 내가 진실로 순수한 사람이 었는가 하면 할 말이 많다. 술과 담배는 관심이 없었으나 혈기 왕성한 나이에 예뻐 보이고 싶은 마음은 충만했으니까.

44

집에 오면 엄마 화장대를 뒤져 아이섀도에 립스틱을 범벅으로 칠하고 즉석 사진기 앞에서 강렬한 포즈를 취하기도 했다. 하지만 이 모든 건 비밀이었다. 왜? 나는 천연기념물이니까.

아이들은 나를 보고 말했다. 고은이 화장 안 한 거 귀엽지 않냐? 볼 빨개(사실 안면 홍조). 파우더로 자신의 볼을 탄력 넘치게 두드리면서도 나에게는 피부 상하니 화장하지 말라고 하기가 다반사, 친구들끼리 싸움이라도 붙으면 누군가는 꼭 나를 집에 데려다주며 타락의 현장에 동참하지 못하게 했다. 덕분에 학창 시절 내내 비뚤어지지 않았으나 마음 한구석은 늘 불편했다. 볼 빨간 민낯도, 덥수룩하게 정리되지 않은 눈썹도 마음에 들지 않았다. 귀밑 똑단발에 나풀대는 교복 치마는 자신감을 앗아가는 것 같았다.

당시 나를 오랫동안 좋아한 남자애가 있었다. 나를 보면 복숭아가 생각난다며 3개월 동안 하루도 빼먹지 않고 복숭아 맛 막대 사탕을 건넸던 아이. 그 정성에 감흥 없을 사춘기 소녀가 있을까? 하지만 웬걸, 그 남자애는 절대 마음을 고백하지 않았다. 행동으로 모든 걸 보여 주면서도 결코 자신의 마음을 인정하지 않았다. 나중에 보니 내가 너무 순수해서 연애도 하지 않을 거라는 주변의 만류가 있었다고 한다. 흥미롭게도 그 반대 세력 중 가장 입김이 셌던 아이는 나와 가장 친한 친구였고, 며칠 뒤 자신이 남자애에게 고백해 연애를 시작했다.

어리숙하다 못해 어리석었다. 나는 왜 원하는 모습으로 살아가지 못했을까? 마음이 이끄는 대로 사는 상상을 해본다. 눈썹을 다듬고 화장을 하고 몸에 딱 맞게 줄인 교복을 입고 교실 문을 여는 내가 있다. 그런 나를 바라보는 아이들의 표정도 자연히 따라온다. 정색, 당혹감, 놀림! 역시 마주할 엄두가 나지 않는다. 친구들의 기대를 저버리고 민망한 반응을 견디느니 그들의 기대에 맞춰 사는 게 편할 듯하다. 그렇게 만들어진 나를 진짜 '나'라고 믿는 게 수월할 것 같다. 당시의 어린 나도 같은 마음이지 않았을까?

사람들은 자신이 그저 자기 자신으로 존재한다고 믿는다. 하지만 실상은 그렇지 않다. 주변 환경과 사람들의 영향력은 실로 어마어마하기 때문이다. 우리는 태어난 나보다 만들어진 나에 더 가까우며, 그것이 원래 나인 양 착각하며 살아간다. 특히 의미 있는 사람의 기대는 그 방향대로 사람을 변화시키는 강력한 힘을 갖는다. 이 마법이 이루어지게 만드는 주문이 바로 '너는 이러이러한 사람이야!'라는 표현이다.

'너는 이러이러한 사람이야'라는 말은 상대의 상태를 기술하는 표현이다. 어려웠던 가정 살림이 자녀 덕분에 나아졌다고 상상해 보자. 자녀의 노력으로 빚을 갚고 기울었던 가세가 폈다. 부모는 자녀에게 말할 것이다. 너는 우리 집안의 기둥이야. 이 표현은 지금 모습을 격려하고 응원하는 따뜻한 목소리가 된다. 하지만 이와 다른 목적으로 사용되는 경우도 있다. 현재 모습과 상관없이 그 사람에게 기대하는 바를 표현하고 그렇게 되어 달라고 요구할 때다. 아직 어린 아이에게 "너는 우리 집안의 기둥이야"라고 말한다고 생각해 보자. 그건 (지금은 아니지만) 얼른 자라서 우리 집안을 일으키라는 바람이 담긴 표현이다. 놀라운 사실은 이 말이 강력한 힘을 발휘한다는 것이다. '이런 사람이다'라고 말할수록 그런 사람이 될 가능성이 커진다. 스스로 그런 사람이라 믿고 그런 사람이 될 만한 일을 찾으며 그에 어울리는 행동을 하기 때문이다.

　미국 사회학자 로버트 머튼은 미래에 대한 기대가 현실로 이루어지는 경향을 '자기충족적 예언'Self-fulfilling Prophecy이라고 했다. 예언은 예언의 당사자로 하여금 그걸 충족할 만한 행동을 하게 만들고, 그 행동이 모여 예언이 실제가 된다.

남자는 말이야, 여자는 말이야 같은 말을 들어 본 적이 있을 것이다. 이는 성에 대한 고정관념을 심어 주는 자기충족적 예언이다. 성의 전형적인 특성을 기대하고 이에 맞게 행동하기를 강요하는 무시무시한 표현이다. 우리는 여자와 남자로서의 모습보다 더 다양한 성정을 품고 있다. 하지만 성이라는 카테고리에 얽매여 본질을 잃은 삶을 살게 된다.

어떤 이유로든 가슴 시린 말을 던지는 부모가 있다. 너는 부족하다. 왜 나아지질 않느냐, 누굴 닮아 이러냐, 답이 없다. 이런 말을 듣고 자란 아이는 정말 자신이 형편없는 사람이라고 믿게 된다. 어차피 노력해도 변할 수 없을 거라는 확신으로 노력의 기회조차 차단해 버린다. 저주를 닮은 예언에 묻혀 빛을 보지 못한 수많은 보석이 지금도 처처에 있을 것이다.

드라마 『슬기로운 의사생활』에는 이런 숨겨진 보석을 닮은 부부가 등장한다. 예정에 없던 임신으로 어린 나이에 결혼한 두 사람은 심장에 문제가 있는 아기를 낳게 된다. 부부는 심장 이식 수술을 위해 아기를 중환자실에 입원시킨다. 하지만 상황의 심각성을 모르는 건지 한껏 멋을 낸 모습으로 병원을 들락날락한다. 그 표정에서도 심각함이란 찾아볼 수 없다. 이 모습을 본 의사들은 왜 저리 철이 없느냐며 혀를 내두른다. 수술 당일, 아기의 할머니들이 나서서 상황을 지켜보고 어린 엄마 아빠는 멀찍이 밀려나 있다. 역시나 진지하지 못한 모습이다. 그런데 조금 후 상황이 달라진다. 갑자기 아기 엄마가 엉엉 울며 의사에게 매달리기 시작한다. 눈물범벅이 되어 아기를 꼭 살려 달라고 애원한다. 예상치 못한 모습에 의사들도 당황한다. 이때 어린 엄마는 이런 고백을 쏟아 낸다. 어린 나이에 임신했다는 사실이 어린 부부에 대한 시선을 만들었다. 친어머니도 시어머니도 부부를 애 취급할 뿐이었다. 두 어른은 미숙한 부모 대신 자신들이 아기를 돌보자며 진짜 부모의 역할을 앗아가 버렸다.

부부는 그런 시선을 두 어머니에게서만 받지 않았다. 의사들도 마찬가지였다. 세상이 자신을 철부지로 생각하니 철부지답게 굴어야 한다고 생각했다. 그래서 아무 생각 없는 듯 당돌하고 무심하게 굴었다. 걱정 없는 척, 미래에는 관심 없는 척. 그런데 수술실로 들어가는 아기를 보니 더는 그런 척할 수가 없다. 걱정되는 마음을 숨길 수가 없다.

우리는 특별하고 소중하게 태어난다. 저마다 가능성을 붙들고 새로운 형태로 자라날 준비를 한다. 하지만 어떤 사람은 자신이 기대하는 모습으로 상대를 형성하려 한다.

거푸집에 시멘트를 부어 원하는 형태를 만들듯 기대의 틀에 상대를 끼어 맞추려 한다. 그 안에서 만들어진 우리는 어떻게든 살아 나간다. 하지만 도무지 편안함을 느낄 수 없다. 내가 되려던 모습은 그게 아니니까.

나다운 건 어떤 모습일까? 나는 누구일까? 지금 내 모습은 진짜 내가 맞을까? 아니면 누군가에 의해 만들어진 모습일까. 한 번쯤은 고민해 봐야 할 문제다.

불안에 사로잡힐 때

사회적 촉진

선생님! 제가 그날 학원을 찾은 이유는 발표 불안을 고치고 싶었기 때문이에요. 학원엔 저를 닮은 사람들이 가득하니 선생님도 예상은 하셨겠지요. 저는 아주 어릴 때부터 발표 불안이 심한 아이였습니다. 실은 발표가 아니라 말을 내뱉는 것 자체에 두려움을 품고 있었지요. 제가 말하는 모습을 두세 사람 이상이 쳐다본다고 생각하면 귀가 빨개졌어요. 목에서는 메에~ 염소 소리가 났지요. 그랬던 제가 이 상황을 극복하겠다고 다짐하게 되었습니다. 지난주 발표 수업에서 제 모습에 적잖은 충격을 받았기 때문입니다.

발표 일주일 전부터 기묘한 기분의 소용돌이에 빠지

기 시작했어요. 평소 사랑스럽기만 하던 강아지가 귀찮게 느껴지고, 책장을 실수로 두 장이라도 넘기면 왜 그렇게 화가 나던지요. 전화벨이 세 번 울리도록 전화를 받지 않는 친구에겐 배신감이 밀려오고, 책상에만 앉으면 이유 없이 눈물이 줄줄 흐르는 거예요. 그땐 몰랐는데 이게 불안 때문이었더라고요, 발표 불안.

발표 당일이 되었어요. 심장이 요동치기 시작하는데, 정말이지 어찌나 세차게 뛰었는지 모릅니다. 고개를 숙여 가슴을 보면 두툼한 상의 위로 두근거리는 형태가 보일 지경이었어요. 그 모습을 가만 보던 저는 양 손바닥을 펼쳐 입을 틀어막았어요. 그렇게 하지 않으면 심장이 목구멍 밖으로 튀어나올 것만 같았기 때문이에요. 지나치게 운동하는 심장이 식도를 타고 올라올까 봐 억지로 침을 꼴딱꼴딱 삼켰답니다. 가히 정상인의 모습은 아니었어요.

이렇게는 못 살아! 하는 생각에 발표 불안을 검색하다 선생님의 학원을 발견했습니다. 특별한 정보도 후기도 없었지만 썩은 동아줄이라도 잡겠다는 심정이었지요. 스피치학원이라는 이름은 당시 제가 기댈 수 있는 유일한 것이었습니다.

하지만 실망스럽게도 선생님은 해 주는 것이 없었습

니다. 뭐 하나 제대로 알려 주지 않았지요. 밑도 끝도 없이 강단에 서서 자기소개를 하라고 시켰을 뿐 자기소개하는 법도 가르쳐 주지 않았어요. 사람들 앞에 선다는 건 언제나 떨리는 일입니다. 그나마 여기 사람들은 모두 같은 처지일 거라 생각하니 긴장감이 상대적으로 적었지요. 정신없이 자기소개를 끝냈고 다른 학우들도 자기소개를 마치고 자리로 돌아갔어요. 그러자 선생님은 웃기는 이야기를 해 주셨지요. 지금 우리의 공통점을 찾았다면서.

　학우들은 뭐가 문제인지 몰라 서로만 바라보며 고개를 갸우뚱거렸습니다. 다들 자기 할 말만 하느라 남의 발표는 보지도 않았던 거예요. 그러자 선생님이 말씀하시길, 이 중에 누구도 이름을 말한 사람이 없다는 거예요. 자기소개를 하면서 말이지요. 하하, 정말 그랬어요. 저는 인사와 동시에 머릿속에서 되풀이하던 말을 쏟아 내느라 가장 중요한 이름을 말하지 않았던 거예요. 그 귀여운 실수는 저 혼자만의 문제가 아니었지요.

　그렇게 의미 없어 보이는 첫 주 수업이 끝나고 둘째 셋째 주가 되었는데도 달라지는 것은 없었습니다. 선생님은 해 주는 게 아무것도 없었지요. 두 명씩 짝을 지은 뒤 눈을 마주보라 지시하고 가갸거겨고교구구그기 나냐너녀노뇨

누뉴느니 하햐허혀호효후휴흐히를 외치라고 할 뿐이었어요. 이 괴상한 소리 놀음에 '현타'가 오는 것만 같았습니다. 솔직히 이쯤 되니 후회가 되기 시작했어요. 학원비를 환불받고 싶었지만, 환불을 요구할 정도로 탄탄한 자아를 가졌다면 이곳에 오지도 않았겠지요. 오호라, 여기는 나 같은 사람을 대상으로 사기 치는 곳이로구나 하고 생각했습니다.

넷째 주부터는 5분 스피치를 시작했습니다. 매주 다른 주제로 사람들 앞에서 5분씩 발표를 해야 했지요. 나처럼, 심지어 나보다 말 못하는 사람의 발표를 듣는 시간은 곤욕 그 자체였습니다. 그렇게 지루한 수업을 열 번이나 참여했습니다. 저는 슬슬 수업이 지루해졌고, 과제도 귀찮았어요. 어느 날은 준비도 않고 대충 가서 즉흥적으로 하고 싶은 말을 떠들었어요. 보세요. 어떤 일이 벌어졌는지. 제가 발표 불안을 극복한 거예요. 불안했던 발표가 지루해지기 시작한 것이지요.

불안이란 어떤 대상에 대한 불안이 아니에요. 불안은 실체가 없습니다. 불안은 그저 불안 자체에 대한 불안이에요. 내가 불안해하면 어쩌지 하는 생각에서 오는 불안이지요. 불안한 모습을 보일 거라는 불안, 손을 떨 거라는 불안, 귀가 빨개질 거라는 불안, 말을 잇지 못할 거라는 불안, 목소리가 흔들릴 거라는 불안. 그러니까 발표가 불안한 게 아니라 불안해할 내 모습이 불안한 겁니다.

선생님은 이 점을 간파하셨던 거예요. 계속 발표하다 보면 불안해하지 않는 나를 발견하고, 불안에 대한 불안이 사라지니 편안하게 실력 발휘를 할 수 있다는 사실을 말이지요. 아! 선생님, 당신은 다 계획이 있으셨군요!

저는 사회심리학이라는 수업을 들으며 제 모습을 '사회적 촉진'Social Facilitation이라는 개념에서 찾았어요. 사회적 촉진은 혼자일 때보다 함께할 때 자신의 우세 반응이 더 도드라지는 것을 말해요. 노래 잘하는 사람을 예로 들면, 그들은 혼자 있을 때보다 청중이 있을 때 더 폭발적인 가창력을 선보이지요. 무대 체질이라는 말이 괜히 있는 게 아니더군요. 그런데 여기서 우세 반응이라는 건 훌륭한 모습만 말하는 게 아니에요. 나 자신이 편하게 할 수 있는 반응이면 모두가 우세 반응이에요. 그러니까 말을 더듬는 사람은 혼자 있을 때보다 나를 보는 사람이 많을 때 더 심하게 말을 더듬고, 음치는 친구들이 보고 있을 때 더 자주 음 이탈을 하게 되는 거지요.

잘하지 못하는 사람은 못하는 것이 우세 반응이 됩니다. 그래서 사람들을 만나면 평소보다 더 못난 모습을 보이게 되지요. 이게 사회적 촉진이라는 거예요. 사회적 촉진이 일어나는 이유는 우리가 사회적 동물이기 때문입니다. 타인의 시선을 의식하기 때문이지요. 타인의 시선은 우리를 각성시킵니다. 적당한 각성은 우리를 긴장시키지요. 자신감이 넘치는 사람에게 긴장감은 설렘이 됩니다. 처음 사랑을 시작할 때처럼 말이지요. 약간의 흥분이 도전 의식을 일으키고 잠재력에 불을 붙여 타오르게 만듭니다. 반면에 실력이 부족한 사람에게 각성은 불안이 됩니다. 그 불안이 기어이 실패를 이끌어 내지요.

사회적 촉진은 피할 수 없으니 우세 반응을 바꾸는 수밖에 없습니다. 못하는 우세 반응이 잘하는 우세 반응이 되도록 말이지요. 그 방법은 간단해요. 연습하고 또 연습하는 것입니다. 연습만이 살길이에요. 이론적으로 배우고 공부해도 다 소용없어요. 머리로 아는 것이 습관을 만들지는 못합니다.

연습이 지나치다 싶을 때 한 번 더 하는 것입니다. 지루해서 못해 먹을 정도로 한 번 더 시도합니다. 그러면 자다가도 벌떡 일어나 과제를 할 수 있을 만큼 익숙해집니다. 우세 반응이 되는 거예요. 그 정도 수준이 되면 사람들이 나를 바라볼 때 더 자신감 넘치게 그 일을 해낼 수 있어요.

제 우세 반응은 말 못하는 쪽을 향해 있었습니다. 집에서 나름 연습을 했지만 정말 '나름' 했을 뿐입니다. 익숙해질 만큼은 아니었지요. 그러니 사람들 앞에 나서면 어떻겠어요. 우세 반응이 더 우세해지고 말았어요. 평소보다 특출나게 말을 못한 것입니다. 그런데 이 재미없는 발표를 계속하다 보니 불안함이 사라진 거예요. 그리고 불안보다 지루함이 편해진 것이지요. 말하는 게 떠는 것보다 쉬워지고요. 우세 반응이 바뀐 거예요.

선생님은 다 알고 계셨지요? 뭘 가르쳐도 다 소용없다는 걸. 결국 해 보는 것만이 답이라는 걸. 저는 선생님과 함께한 시간 동안 떨림이 지루함으로 바뀌는 기적을 경험했어요. 사실 두려움이 편함으로 변한 것이지요. 덕분에 대학에서 학생들을 가르치고 특강도 하며 먹고살 만해졌답니다. 선생님! 건강히 잘 지내시는지요? 이제야 늦은 인사 드립니다. 정말 고마웠습니다.

나만 애쓰며 사는 것 같을 때

선택적 주의

친구가 교통사고로 입원했다는 연락을 받고 병원으로 달려갔다. 2인실 병실이었고, 친구의 옆자리는 일명 '나이롱환자'라 불리는 아주머니가 차지하고 있었다. 아주머니는 친구의 안부를 물을 새도 없이 대화에 끼어들었다. 자신을 부동산 부자라고 소개했고, 그때부터 시작된 돈 자랑이 병실의 공기를 가득 채웠다. 아주머니는 자기 같은 사람은 돈이 흐르는 길을 볼 수 있다고 했다. 이 지역이 개발될 것 같아 건물을 사면 대박이 나고, 기존 건물을 처분하면 이내 폭락한다는 것이다. 그렇게 자기는 적게 일하고, 아니 일하지 않고 많이 번다고 했다.

돈 잘 버는 사람에게는 돈 열리는 길이 보인다는 말을 들은 적이 있다. 내 눈에는 보이지 않는 그 길을 누군가는 본다는 사실에 시샘이 났다. 그런데 그런 사람을 직접 보니 화가 치밀었다. 영어학원, 자격증 학원, 어학연수. 누구는 돈을 벌기 위해 돈을 쓰며 살아가는데, 저렇게 날로 먹는 사람이 있다고 생각하니 욕지기가 날 지경이었다. 세상이 날로 먹는 이와 애써도 안 되는 이로 구분된 것 같았다. 해 보려는 의지조차 생기지 않았다. 하지만 오래지 않아 이 생각을 바꿀 만한 사건을 마주했다.

졸업 후 종종 제주로 여행을 떠났다. 그 아름다운 섬에 닿을 때마다 간절히 바라는 소망이 있었는데, 수족관이 아닌 바다에서 뛰노는 돌고래를 만나는 것이었다. 어찌나 간절했는지 돌고래 출몰 지역과 출몰 시간을 검색하고, 돌고래 만남 후기를 찾아보며 내가 글쓴이가 되는 상상을 했다. 간절한 만큼 다양한 정보를 수집했고 매일 같은 시각 출퇴근하는 바닷길이 있다는 사실을 알아냈다. 여행의 목적은 돌고래가 되었고, 그리운 친구를 만나기 위해 여행의 하루를 꼬박 그 장소에서 버티기도 했다. 하염없이 바다를 쳐다보며 바위에 부서지는 물결이 돌고래는 아닐까 기대했다.

드디어 그 일이 벌어졌다. 돌고래가 나타난 것이다. 바다 저 멀리 물결에 빛이 부서지고 스무 마리도 넘는 돌고래가 뛰놀고 있었다. 장관이었다. 돌고래는 반 시간도 넘게 바다 한가운데서 그들만의 파티를 즐겼다. 나도 내내 그들을 바라보며 달콤한 시간을 보냈다. 흥미로웠던 것은 내가 보고 있던 그 돌고래들을 어떤 관광객도 보지 못했다는 것이다. 무시무시한 괴담이 아니라 정말 보지 못하고 지나친 것이었다. 그곳은 볼거리가 뛰어난 유명 관광지였다. 관광객들은 바다를 보고 "와~ 넓다!" 하는 짧은 감탄 후 바다를 등지고 기념사진을 찍었다. 그리고 곧장 목적지를 향해 발걸음을 돌렸다. 그들의 등 뒤에서 얼마나 신비로운 일이 벌어지고 있는지 상상도 못 한 것이다.

우리는 수많은 장면을 눈으로 담는다. 지금 이 순간 내 시야에는 모니터, 키보드, 어제 먹다 치우지 않은 테이크아웃 컵, 나쓰메 소세키의 소설 『마음』이 있다. 하지만 이 밖에도 많은 것이 자기 자리를 지키고 있다. 주의 깊게 보니 아까는 보이지 않던 강아지 간식용 북어 트릿, 비말 차단용 마스크 박스, 뚜껑이 사라진 플러스펜도 눈에 들어온다. 이것들은 몇 개월 동안 그 자리에 있었음에도 딱히 존재감을 드러낸 적이 없다. 이는 우리 뇌의 한계 때문에 일어나는 현상이다.

세상의 모든 자극을 동시에 처리하기에 우리 뇌는 너무나도 무력하다. 그러다 보니 지금 당장 가장 필요하고 중요한 것만 선택적으로 인식한다. 그 외의 대상은 있어도 없는 듯 취급해 버린다. 이를테면 우리 시야에 늘 어른거리는 코의 존재를 지각하지 못하고 살아가듯이. 다시 말해 우리는 보고 싶은 것만 보고 듣고 싶은 것만 듣고 나머지는 필터링한다. 목적에 없는 것은 존재하지 않는 셈 친다. 마치 유명 관광지를 향해 발걸음을 옮긴 이들이 바다와 돌고래를 지나쳐 버린 것처럼 말이다.

이런 현상을 심리학에서는 '선택적 주의'Selective Attention라 부른다. 선택적 주의는 여러 형태로 우리 삶에 자리 잡는다. 이를테면 아무리 시끄러운 카페에 앉아 있어도 친구와의 대화에 집중할 수 있는 건 선택적 주의 능력 덕분이다. 배경음악, 옆 테이블 손님의 웃음소리, 원두 가는 소리를 다 필터링하고 친구의 목소리만 귀에 담을 수 있는 건 그것만이 나에게 중요하기 때문이다. 하지만 친구의 목소리가 귀에서 튕겨 나가는 순간이 있다. 바로 옆 테이블 커플이 싸우기 시작할 때다. 연인의 싸움만큼 재미있는 일은 없다. 이제 나의 관심사는 친구의 이야기가 아닌 남녀의 드라마가 된다. 그들이 언성을 높일수록 귀는 그쪽을 향해 열린다.

바람을 피운 건지 거짓말이 걸린 건지 오늘 헤어질 건지 온통 그것만 궁금할 뿐이다. 친구가 서운해하지 않겠느냐고? 걱정하지 않아도 된다. 친구 역시 이야기를 멈추고 이미 그 막장 드라마를 함께 시청 중이니.

점심시간, 시끌벅적한 소음을 뚫고 누군가의 목소리가 귀에 꽂힌다. "야, 신고은~" 내 이름이 들리는 순간 나는 놀라지 않을 수 없다. 날 부른 친구는 나에게서 한참 멀리에 앉아 있기 때문이다. 내가 이렇게 청력이 좋았던가? 확성기를 대고 말하는 것처럼 내 이름만 기가 막히게 들린다. 내 이름만큼 중요한 관심사는 세상에 없기 때문이다. 이처럼 소란한 상황에서도 나와 관련된 이야기나 관심이 생기는 이야기에 주의를 기울이게 되는 것을 '칵테일파티 효과'Cocktail Party Effect라고도 부른다.

선택적 주의는 때로 우리를 난감한 상황으로 초대한다. 중요한 것을 놓치는 치명적 실수를 일으키는 것이다. 하루는 강의를 위해 캠퍼스 오르막길을 걷고 있었다. 주위를 보니 내 수업을 듣는 학생도 바로 옆에서 종종걸음으로 오르고 있었는데 희한하게 혼자 무어라고 떠들어 대고 있었다. 가만히 보니 무선 이어폰을 끼고 통화 중이었다. 학생의 입에서 나오는 이야기는 나와 친한 동료 교수의 뒷담화였다. 학생이 나를 보고 멈춰 주길 바랐지만 그러지 않았다. 학생은 통화하랴 수업 시간 맞추랴 앞만 보며 나아가기 바빴고, 우리의 목적지는 같았기에 그 여정 동안 사건의 전말을 세세히 들을 수밖에 없었다.

강의실에 가까워지자 학생은 전화를 끊고 숨을 골랐다. 그리고 흠칫했다. 나와 눈이 마주친 것이다. 학생은 마치 귀신을 본 듯 나를 바라봤다. 한차례 기겁 후 이내 웃으며 인사했지만 미소는 미소가 아니었다. 혹여나 이 글을 읽고 있다면 걱정은 말길. 말하지 않았으니. 내가 센스껏 빠른 걸음으로 지나쳤어야 했는데, 말했다시피 오르막길이어서……

이처럼 선택적 주의는 간절한 무언가를 보게도 하고 중요한 무언가를 놓치게도 한다. 그러니 인생의 성패에도 지대한 영향을 미칠 수밖에. 우리는 누구나 성공하고 싶다는 마음을 갖는다. 부자가 되고 싶고 명예를 얻고 싶고 인정받고 싶다. 하지만 간절함의 크기는 저마다 다르다. 누군가는 성공하면 좋지 뭐, 하는 너그러운 마음으로 살아가는 반면 다른 누군가는 반드시 성공해야 한다는 다짐을 품고 살아간다. 성공으로 가는 길은 누구의 눈에 더 선명할까? 당연히 간절함이 더 강한 사람이다. 간절함은 존재 자체에 의미를 부여하고, 의미가 생긴 대상이라야 비로소 눈에 띈다.

주위를 둘러보면 목표를 쉽게 거머쥐는 사람이 있다. 운이 좋은 건지, 이미 가지고 태어난 건지 하는 일마다 잘되는 것처럼 보인다. 아닌 척해도 질투에 눈이 멀어 그들을 나쁜 사람이라고 생각하기도 한다. 우리는 쉽게 성실한 사람이 약삭빠른 사람보다 선하다고 믿는다. 하지만 이는 진리가 아니다. 무거운 돌을 힘겹게 들어 옮기는 사람이 굴리는 법을 배운 사람보다 선한 것은 아니니까. 더 쉬운 방법이 있다면 그 길을 택하면 된다. 그 길을 찾아 주는 건 간절함이다. 간절함은 중요한 곳에 눈을 두게 하고, 더 많은 가능성의 길로 우리를 인도한다. 때로 적은 노력으로 많이 이루는 법을 알려 주기도 한다. 지름길을 찾는다는 뜻이다. 노력과 성공은 비례하지 않는다. 최선보다 효율을 찾는 것이 중요할 수도 있다.

선택적 주의는 보이는 것이 전부가 아니라는 사실을 대변한다. 실로 그렇다. 날로 먹는 사람처럼 보일지라도 최소한 그가 가진 간절함의 수준은 나와 다를지 모른다. 그의 동기가 나보다 더 깊고 진지해서 내가 볼 수 없는 길을 발견하고 걸어가는 중인지도 모른다. 거기에 더해 나는 애먼 데 목표를 두고 진짜 중요한 것을 지나치고 있는지도 모른다.

쓸데없는 질투는 그만하고 간절함을 갖자. 간절함이 나를
좋은 곳으로 데리고 가도록.

남의 불행에 기뻐할 때

샤덴프로이데

세상 사람들이 다 내 불행을 바란다. 그것은 진실이다. 어쩌면 세상에 대한 유일한 진실이다.

김지영 선배는 미친 것이 아니라 진실을 말했다.

좀 더 정확하게 서술하자면,

사람들은 누군가 각별한 타인의 불행을 바란다.

각별한 타인의 불행을 커튼 삼아 자신의 방에 짙게 드리워진 불행의 그림자를 가리고자 한다.

김사과, 『0 영 제로 零』, 작가정신, 2019, 120쪽

그때 그 시절, 나는 '싸이월드'에 빠져 있었다. 소중히

모은 도토리로 배경음악과 스킨을 설정하고, 가상현실 속 우리 집을 꾸몄다. 하루에도 몇 번씩 실존하지 않는 나만의 공간을 들락거리며 행복해하던 시절이었다. 싸이월드에서 유난히 사랑받았던 기능은 일기장이었다. 어디선가 퍼 온 감성 사진 한 장과 시 같은 일기로 서로의 감수성을 뽐냈다. 일기는 구체적이지 않았다. 나와 특별한 관계를 맺은 그 사람만 알 수 있도록 최대한 추상적이고 압축적으로 써야 했다. 누구도 못 알아볼 것 같은 비밀 암호였지만 사실 누구나 눈치채고도 남을 내용이었다. 비밀스러운 일기가 올라오면 일촌들은 서로를 엿보며 각자의 사생활을 염탐했다.

싸이월드에서 자신의 인기를 확인할 수 있는 방법은 두 가지였다. 하나는 일촌의 숫자, 그러니까 지금으로 따지면 팔로워 수처럼 친구를 맺은 사람의 수였다. 그리고 다른 하나는 투데이였다. 요즘 SNS에는 표기되지 않지만 당시에는 하루에 몇 명이나 나의 홈페이지에 방문했는지 확인할 수 있었다. 이 때문에 어떤 사람은 자신의 투데이를 높이겠다며 로그인과 로그아웃을 반복하기도 했다. 이웃이 많을수록 그리고 그날 나의 홈페이지에 들락거린 사람이 많을수록 관심을 받는 사람이었다. 지금으로 따지면 인플루언서가 되는 것이었다.

나라고 그리 쿨한 사람은 아니었다. 숫자는 신경 쓰이는 지표였고 이웃이 많길, 투데이가 높길 바랐다. 하지만 숫자가 높아진다고 늘 유쾌한 것은 아니었다. 어느 날은 유독 높이 치솟은 투데이 수가 신경에 거슬리기도 했다. 그건 바로 내 일기의 내용 때문이리라. 우울한 기분에 사무쳐 감성 젖은 일기를 쓸 때면 여지없이 투데이가 치솟았다. 평소의 두 배, 세 배, 어떨 땐 다섯 배까지도 올랐다. 그렇다고 위로의 댓글이 달리거나 걱정 어린 안부 연락이 오는 것도 아니었다.

사람들은 타인의 불행에 관심이 많다. 그리고 그 불행을 은연중에 즐긴다. 그래서 누군가의 불행이 드러나면 여지없이 그곳으로 향한다. 슬픔에 공감하고 함께 아파하는 경우도 더러 있지만, 대부분은 자신의 만족감을 위해 찾아보는 것이다. 타인의 불행을 목도한 이들은 그런 삶을 살지 않았다는 사실에 안도하고, 마냥 행복해 보이던 누군가가 기어코 불행해졌다는 사실에 통쾌해한다. 막장 드라마를 보는 것처럼 누군가의 불행은 하나의 유희거리요, 짜릿한 자극이 되어 준다.

연예인의 사생활이 폭로되었을 때 사람들은 그들의 SNS를 팔로우하고 새로운 게시물이 올라오지 않았나 염탐

한다. 유명인의 자살 소식이 들려오면 굳이 기사를 찾아 들어가 댓글 하나하나를 정찰한다. 문제를 일으킨 유튜버의 구독자는 아이러니하게 더 높이 치솟고, 사과 영상의 조회수는 역대 최고치를 찍는다.

어디 유명인뿐이겠는가. 옆집 누구 남편이 큰 병에 걸렸다더라, 누구 자식이 사고를 당했다더라, 이런 소식을 접하면 인상을 찌푸리면서도 쏟아져 나오는 이야기를 멈추지 못한다. 타인의 불행을 들여다보는 심리엔 사실 은근히 즐기고 싶어 하는 마음이 숨어 있는지도 모른다.

시아버지는 은행에 근무하셨다. 하루는 은행에 강도가 들었는데 시아버지는 그냥 돈을 내어 주고 당신의 안전을 지키는 대신 끝까지 강도를 막아서려 하셨다. 그러다 강도의 칼에 찔리고 말았다. 다행히 시아버지는 크게 다치지 않았고, 남편은 아버지의 행동에 자랑스러움을 느꼈다. 하지만 그날 밤 저녁 뉴스에서 강도 장면이 생생히 보도되었을 때 남편은 큰 충격으로 무너졌다. 그는 아버지가 다치는 모습을 차마 보지 못하고 노트북을 부서지도록 세게 덮어버렸다.

나를 정말 아프게 하는 일은 차마 보지 못하는 게 인간이다. 소중한 사람의 고통은 나에게도 아픔으로 다가온다.

걱정이라는 명목으로 들여다볼 수 있는 일이 아니다. 타인의 불행을 나서서 바라보는 행위는 진정한 공감이 이루어지지 않았을 때에나 가능하다.

우리 안에는 인정하고 싶지 않은 감정이 존재한다. 불행한 사람을 위로하는 척하면서 은근히 즐거움을 느끼는 감정이다. 이런 감정을 '샤덴프로이데'Schadenfreude라고 부른다. 독일어로 샤덴은 고통, 프로이데는 기쁨을 뜻한다. 즉 타인의 고통이 즐거움이 된다는 뜻이다. 우리말로 번역하면 어떤 말이 적절할까? '거참 쌤통이다! 꼬시다!' 정도가 되지 않을까?

일본 교토대 다카하시 교수 팀은 사람들에게 자신이 질투하는 상대가 불행해지는 모습을 상상하도록 시나리오를 주었다. 그리고 상상 중 뇌에서 일어나는 반응을 관찰했다. 그 결과 흥미로운 사실을 발견했다. 상대가 불행에 빠질수록 기쁨에 관여하는 뇌 부위가 활성화되었던 것. 타인의 불행은 곧 나의 기쁨이었던 것이다.

샤덴프로이데는 질투하는 사람에게 주로 나타난다. 미워하는 사람, 경쟁하는 사람, 나와 관련된 사람에게 말이다. 때로는 그 사람의 불행을 위해 나의 불행도 마다하지 않는 선택을 하기도 한다. 드라마 『그해 우리는』에는 고등학교 시절부터 연인 사이였던 웅과 연수가 등장한다. 두 사람은 고등학생 때 한 다큐멘터리 프로그램에 출연하면서 가까워졌는데, 방송이 끝난 후에도 연인 사이를 유지하다 모종의 이유로 이별했다. 세월이 지나고 어떠한 알고리즘의 장난으로 다큐멘터리가 역주행하자 사람들은 꽁냥거리는 웅과 연수의 매력에 빠진다. 성인이 된 두 사람을 다시 보길 원하는 시청자가 점차 늘어나자 방송사는 두 사람을 찾아 한 번 더 촬영하자고 제안한다. 연수는 이미 헤어진 사람과 다시 엮이기 싫다고 거절하지만 웅의 생각은 다르다. 웅은 어린 시절 복숭아 알레르기가 있는 친구를 놀리기 위해 목숨 걸고 복숭아를 먹은 복숭아 알레르기의 소유자였다. 타인의 고통을 위해 자신의 고통도 마다하지 않는 위인이었다. 그런 웅은 다큐멘터리 재촬영이 연수를 괴롭히는 일임을 알았다. 그래서 이제 악연이 된 전 여친과 촬영을 하겠다고 한다.

　　우리라고 웅과 다를 바 있을까? 예를 들어 로또 당첨 기회가 주어졌다고 해 보자. 만약 지금 로또를 산다면 2등에 당첨되어 일억을 받는다. 단, 조건이 있다. 2등이 되면 내가 정말 싫어하는 사람이 1등이 되어 오십억을 받는다. 중요한 것은 '정말' 싫어하는 사람이라는 것이다. 어떤 선택을 할까? 아이러니하게도 일억을 포기하면서까지 그의 행복을 방해하려는 사람이 존재한다. 제법 많이. 내가 행복한 것보다 그가 행복하지 않은 것이 더 큰 기쁨이 되는 것이다.

샤덴프로이데는 이기적이고 악독한 사람에게만 나타나는 감정이 아니다. 인간이라면 누구나 느낄 수 있는 감정이다. 우리는 타인과 자신을 끊임없이 비교하는 존재이기 때문이다. 상대보다 부족한 나를 발견할 때 우리는 쪼그라든다. 하지만 상대보다 나은 나의 모습을 발견하면 만족감이 생긴다. 상대의 불행은 우월감과 승리감을 안겨 주고, 그래도 저 사람보다 내가 낫다며 감사한 마음을 품게 해 준다.

자신의 행복을 우선으로 삼는 것은 당연한 일이다. 그러니 이러한 감정 또한 자연스러운 것이다. 하지만 이런 감정이 문제가 될 때가 있다. 타인을 질투하고 타인의 불행을 바라는 감정이 나를 지배하게 되는 때다. 지배당한 마음은 행동으로 발현되어 상대를 날카롭게 찌른다. 악심이 악행이 될 때 정말 나쁜 사람이 된다. 하지만 한 가지 다행인 점은 인간이 꽤 극단적인 존재라는 것이다. 참으로 이기적이면서도 지나치게 이타적인 존재가 바로 우리다. 누군가의 불행에 나도 모르게 입꼬리를 올리면서도 타인을 돕는 행동으로 행복과 만족감을 얻는 아리송한 존재.

누군가의 불행으로 행복해지는 방법과 행복으로 행복해지는 방법이 있다. 둘 중 어떤 것을 선택하는 것이 좋을까? 행복은 제로섬이 아니다. A가 행복해질수록 B가 불행해지는 계산은 성립되지 않는다. 그러니 당연히 후자를 선택하는 것이 남는 장사다. 누군가를 진심으로 아끼고 잘되기를 바라는 마음을 품을 때 역시 행복감을 느낄 수 있다. 타인의 행복까지 나의 행복이 되는 것이다.

다만 누군가의 행복을 진심으로 바라는 건 정말 행복한 사람만 할 수 있는 일이다. 그러니 자신의 행복을 최우선으로 해야 한다. 내가 먼저 행복해야 타인을 행복하게 해 줄 수 있다. 내 행복의 자원으로 타인에게 손을 내밀 때 그 손길이 다시 나를 행복하게 만드는 흐름이 되어 돌아올 것이다. 그러면 우리의 행복은 마르지 않는 샘이 된다.

실수를 덮고 얼렁뚱땅
넘어가고 싶을 때

해석 수준 이론

학기가 끝나는 날이었다. 성적을 입력하고 제주로 떠날 준비를 했다. 완도항에 도착하려면 적어도 두 시간 안에 출발해야 했다. 그런데 한 학생으로부터 연락이 왔다. 성적 확인을 부탁한다고. 이름을 보니 한 학기 동안 그 학생의 행보가 여실히 그려졌다. 의심 없이 A+를 받을 학생이었다. 뭘 묻고 싶은 걸까. 확인해 보니 C+라는 말도 안 되는 성적이 공시되어 있었다.

입력된 성적을 톺아보니 치명적인 실수가 발견되었다. 수강생 중에 외국인 학생이 있었는데 나의 성적표에는 그 친구가 성, 이름으로, 성적 입력 플랫폼에는 이름, 성으로 기입되어 있었다. 오름차순으로 정렬해 성적을 올리다 그만 그 사달을 낸 것이다. 잘못된 성적을 받은 학생은 총 여덟 명이었다. 성실했던 네 명은 실력에 못 미치는 점수를 받고, 반대로 나머지 네 명은 그들의 보상을 대신 받았다. 바로잡아야 했지만 막막했다. 성적이 올라갈 학생들이야 고마워할 테지만, 실수를 인정한다는 사실은 달갑지 않았다. 게다가 성적이 떨어질 학생들의 반응은 생각하기도 싫었다. 민원이 들어오겠지, 학과 대대로 멍청한 강사라고 비난을 받겠지.

그날은 성적 공시 마지막 날이었고, 더 이상 이의를 제기하는 학생은 없었다. 이 친구의 성적만 대충 수정하고 나만 조용히 넘어가면 끝날 일이었다. 눈 한 번만 딱 감으면 홀가분하게 떠날 수 있었다. 제주 바다가 나를 기다리고 있었다. 마음이 나에게 속삭였다. 그냥 넘어가. 아무도 모르잖아. 애들도 이미 다 인정한 상황이잖아. 그냥 떠나서 놀자. 일을 복잡하게 만들지 말자고. 한 명만, 딱 한 명만 조용히 처리하자고.

얼마 전 우연히 시청한 『소년 심판』이라는 드라마가 그날의 기억을 상기시켰다. 드라마에는 촉법소년의 교화를 위해 소년법을 개정하려 노력하는 부장판사가 등장한다. 처벌이 아닌 교화를 위한 진짜 법을 만들겠다는 그의 간절함은 결실을 눈앞에 두고 있었다. 법복을 벗고 정치계에 입문할 기회가 주어진 것이다.

부장판사는 판사 인생 마지막 사건을 맡게 된다. 데카르트. 돈을 받고 시험지를 유출하는 고등학교의 불법 모임. 문제가 된 그 학교는 그의 아들이 다니는 학교이기도 했다. 데카르트의 제안을 당당히 거절했던 그로서는 판사 인생의 대미를 장식하기에 더없이 의미 있는 재판이었다.

사건을 수락하고 사직서를 낸 후 홀가분한 마음으로 차에 탄 순간, 아들로부터 전화가 온다. 아들의 목소리는 급박했다. 그리고 울부짖고 있었다. 잠깐 가입했다가 바로 탈퇴했는데 어떻게 하느냐고. 데카르트, 어떻게 하느냐고. 아들은 유혹을 뿌리치지 못하고 반대한 아버지 몰래 잘못된 선택을 했던 것이다. 결국 판사는 자신의 잘못, 아니 자기도 모르게 생긴 인생의 오점을 덮기로 한다. 그러나 잘못을 숨기려는 사람은 어색하기 마련이다. 스스로 당황하고, 이유 없이 분노하며 예민하게 반응한다. 양심은 죄책감을 숨기려 할수록 교묘한 방식으로 존재감을 드러낸다. 드라마의 주인공 심은석 판사는 그의 어색함을 발견한다. 그리고 사건에 휘말렸음을 안다고, 바로잡으라고 몰아세운다. 부장판사는 자그마치 5년을 준비해 온 일이 눈앞에 있다고, 아이들을 위해 자신이 꼭 해야 할 일이라고, 망치지 말라고 역정을 낸다. 그때 심 판사는 이렇게 말한다. 성경을 읽기 위해 촛불을 훔쳐서는 안 되는 거라고.

옳고 그름을 판단하는 것이 사명이었던 사람이 자신이 연루된 잘못에는 어떻게 그렇게 관대해질 수 있는 것일까? 한 번 정도는 눈감으라고 스스로를 설득할 수 있는 것일까? 윤리, 도덕, 규칙. 너무나도 당연한 선이 왜 나의 일이 되면 당연하지 않은 것이 될까? '해석 수준 이론'Construal Level Theory은 이 질문에 답을 준다.

사람들은 같은 현상도 저마다 다른 방식으로 해석한다. 나는 카페에 가서 비싼 음료를 마시는 것을 행복의 시선으로 바라본다. 고작 이만큼의 돈으로 미각적 욕구와 정서적 갈망을 충족할 수 있다는 데 감동한다. 하지만 누군가는 고작 커피에 우유와 시럽을 섞은 것에 엄청난 돈을 낸다고 비웃는다. 그에게 이 장면은 '돈 지랄'로 보일 뿐이다. 왜일까? 어떤 이에게는 세상이 구체적 행위로 보이고 또 다른 이에게는 추상적으로만 느껴지기 때문이다. 우리에게는 멀게만 느껴지는 상황도 있고, 가깝게 감각되는 상황도 있다. 1년 후의 나는 멀지만 두 시간 뒤의 나는 가깝다. 이 거리감은 세상을 바라보는 우리의 시각도 바꾼다.

　가까운 장면은 구체적이고 선명하다. 그 뚜렷함이 다가올 일을 성가시게 볼지, 아니면 환대할지 가른다. 당장 내일 아침에 일어나야 하는 이는 유튜브 시청을 멈추고 잠들기 위해 노력한다. 지금 자지 않았을 때 내가 감당해야 할 고통이 뻔히 보이기 때문이다. 반대로 머나먼 장면은 추상적으로 비추어진다. 의미가 행위를 앞선다. 1년 뒤 휴가지에서 지금보다 날씬할 자신을 기대하지만 그렇다고 당장 다이어트를 위해 노력하지는 않는다. 그때 되면 다 해결되어 있겠지 생각할 뿐이다. 까마득한 미래에 대해 상상할 때 우리는 과정을 뛰어넘는다. 그저 바라는 막연한 결과만 그리며 만족할 뿐이다.

　부정을 저질렀을 때도 마찬가지다. 거짓말을 들켰을 때, 잘못된 서류를 넘겼을 때, 남의 물건을 실수로 깨부쉈을 때, 하기로 한 일을 깜빡했을 때, 한순간의 통제력 상실로 잘못된 선택을 했을 때. 누구에게나 덮어 버리고 싶은 순간이 찾아온다. 그때 우리는 어떤 시각으로 사건을 바라볼 것인가?

　판단의 대상이 자신이 되는 순간 모든 사건은 가까워진다. 잘못을 바로잡을 때 짊어지게 될 성가신 일이 선명히 그려진다. 옳지 않은 행동을 했음에도 그럴 수밖에 없었던 사정이 저마다 할 말이 있다며 손을 든다. 사정에 귀를 기울이면 그 말이 다 맞다. 내 잘못에 서사를 부여하고 명분을 주고 싶다. 그래서 지금 당장만 넘어가면 아무 일도 없었던 것처럼 안온한 미래를 마주할 수 있을 것만 같다. 하지만 미래는 켜켜이 쌓인 현재의 더미다. 지금 눈감은 것이 미래가 된다고 거짓말처럼 사라지지는 않는다.

제주 여행을 떠나기 직전까지 고민했다. 성적을 재공시할 것인가? 다행히 마음속 전쟁에서 선이 승리했다. 시험지와 노트북을 바리바리 싸서 짊어진 채 제주로 떠났다. 숙소에 도착해 자료를 정리하고 내일 아침 일어나는 대로 학교에 연락하겠다고 결심했다. 공시 기간이 지나서 수정이 불가하다면 어쩌지, 다음 학기 강의는 없을 줄 알라고 으름장을 놓으면 어쩌지, 별별 생각에 잠을 설쳤다. 하지만 학교 측 반응은 생각보다 단조롭고 심지어 다정했다. 어머, 교수님! 제가 20분 동안 열어 드릴게요. 수정하고 연락 주세요. 시스템을 다시 닫아야 하거든요.

학생들의 반응도 마찬가지였다. 성적이 오른 학생은 고맙다며 하트 이모티콘을 보냈고, 성적이 떨어진 학생은 알았다고 할 뿐이었다. 어쩐지 성적이 너무 잘 나와서 이상했다며 너스레를 떤 학생도, 거듭 미안하다는 내 사과에 위로를 건넨 학생도 있었다. 심지어 시험을 못 봐서 죄송하다는 학생까지도. 뒤에서야 내 욕을 했을지 모르지만, 그래도 예상만큼 파국은 아니었다. 남의 잘못을 들여다볼 때는 명확히 보이는 답이 내 일이 되면 그렇지 않다. 인정하는 순간 겪어야 하는 구체적 문제가 드러나기 때문이다. 하지만 주사는 생각만큼 아프지 않은 법이다. 벌도 마찬가지. 잘못을 바로잡는 순간은 생각처럼 치명적이지 않다. 예상만큼 나를 망가뜨리지도 않는다. 오히려 못 본 척 넘어간 채 맞게 될 미래야말로 끔찍할 것이다. 막연한 기대가 그날을 상상할 수 없게 만들 뿐. 막상 그날이 현재가 되면 죄책감에 사로잡힌 채 불안에 떨며 살아야 할 것이다.

『소년 심판』 마지막 회에 부장판사가 다시 등장한다. 모든 잘못을 인정하고 판사직과 정계 진출을 모두 포기한 채 초라한 뒷모습으로 떠났던 그는 마치 피부과 관리라도 받은 듯 환한 얼굴이다. 어떻게 된 일인지 가슴에는 무궁화 배지도 달려 있다. 인생을 무너트릴 줄만 알았던 그의 결정은 두려워했던 만큼 그를 망가트리지 않았다. 잃을까 봐 걱정했던 것도 결국엔 손에 쥘 수 있었다. 만약 그때 그의 마음속에서 악이 선을 이겼다면 지금은 회색빛 얼굴로 전전

긍긍하며 살고 있지 않을까?

드라마 같은 일은 우리 삶에도 찾아온다. 치명적 실수를 저지른 나는 잘못을 인정한 후로도 높은 강의 평가를 받았고, 새로운 꿈이 생겨 발걸음을 옮기기 전까지 강단에 설 수 있었다. 잃을 것 같았던 건 여전히 곁에 남았고, 대단히 날 괴롭힐 줄 알았던 사건은 이내 잊히는 사소한 해프닝으로 지나갔다.

당장 눈앞에 그려지는 걱정이 나를 그른 길로 인도할 때가 있다. 나에게 차악이 되는 선택을 세상에 최선이 되는 선택이라고 포장하고, 옳고 그름을 바로잡는 지혜를 놓쳐 버린다. 하지만 당장의 시련은 생각보다 무겁지 않다. 오히려 우리의 삶을 짓누르는 무거운 짐은 시련을 피하려는 비겁함의 열매일 것이다.

혼자 짐작하고 오해할 때

누군가의 말을 가만히 듣고 있노라면 입 밖으로 꺼내지 않아도 선명하게 들리는 목소리가 있다. 바로 숨은 의도. 말하지 않아도 알아요. 말은 안 했지만 분명 그런 뜻이라고 믿게 되는 때가 있다. 하지만 나의 짐작이 항상 옳을까? 내가 그렇게 상대의 속마음을 간파할 수 있을까? 밑도 끝도 없이 문제를 하나 내 보려 한다.

주연이라는 여자가 있다. 결혼은 아직이고 외향적인 성격을 가졌다. 지능이 높고 공부를 잘하며 문학을 전공했다. 아! 부전공으로 심리학도 공부했다. 현재 고양이 두 마리와 함께 살고 있으며 매일 동네 고양이에게 깨끗한 물과

먹이를 주는 일도 잊지 않는다. 자, 그럼 주연은 어떤 사람일까?

A. 주연은 선생님이다
B. 주연은 동물보호단체에서 활동 중인 선생님이다.

이 문제는 심리학 연구에서 의사결정의 허점을 알아보는 데 사용되는 '린다 문제'를 내 친구의 이야기로 바꿔본 것이다. 연구 결과에서는 85퍼센트의 사람들이 정답으로 B를 선택한 것으로 나타났다. 당신도, 이 글을 쓰고 있는 나도 B가 답이라고 생각한다. 동네 고양이를 챙기는 주연의 모습이 동물보호단체 회원과 닮았기 때문이다.

하지만 동물보호단체에서 활동 중인 선생님(B)은 언제나 선생님(A)이다. 그리고 선생님이 언제나 동물보호단체에서 활동하는 건 아니다. 그러므로 A와 B 중 무조건 답이 있다면 답으로 A를 선택해야 한다. B는 틀릴 가능성이 있지만 A는 없기 때문이다. 아직도 이해가 안 된다면 그림을 살펴보자.

선생님과 동물보호단체를 보여 주는 벤다이어그램이 있다.

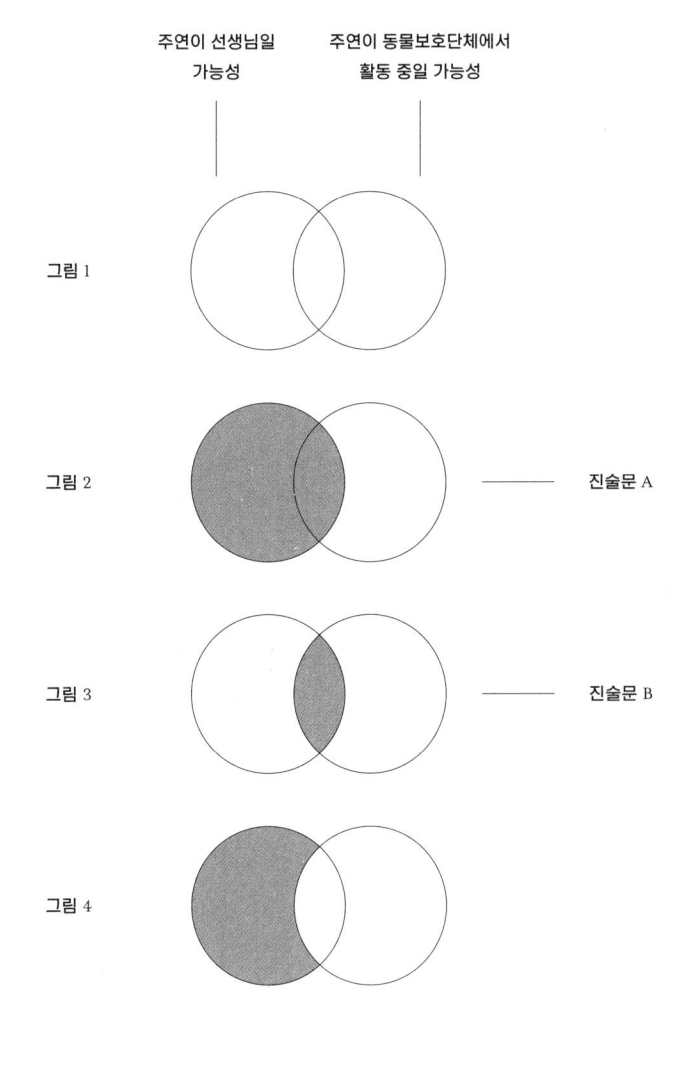

주연이 선생님일
가능성

주연이 동물보호단체에서
활동 중일 가능성

그림 1

그림 2

진술문 A

그림 3

진술문 B

그림 4

84

여기서 '주연은 선생님'이라는 진술문 A가 그림 2에 색칠된 영역이라면, '동물보호단체에서 활동 중인 선생님'이라는 진술문 B는 그림 3에서 색칠된 영역이다. B는 A에 포함된다. 따라서 B가 사실이 될 가능성은 A보다 클 수 없다.

그런데 사람들은 왜 A보다 B에 더 마음을 빼앗기는 것일까? 동물보호단체라는 정보가 더 선명하게 그려지기 때문이다. 사람들은 눈에 띄는 정보에 주의를 두고, 그것이 가장 정확하며 적절하다고 판단한다. 굳이 그려지는 정보가 언급되니 그게 더 맞는 것처럼 느낀다. 동물보호단체 회원이 아니더라도 동물을 돌보는 교사는 많은데 말이다.

이렇게 잘못된 판단을 내리는 과정에서 사람들은 또 한번의 실수를 범한다. A를 그림 2가 아닌 그림 4로 착각하는 것이다. 두 진술문이 주어질 때 사람들은 무의식적으로 두 진술문을 배타적인 관계라고 받아들인다. 그러므로 A에서 B를 마음대로 배제한다. 사람들의 주관적 해석 속에서 '주연은 선생님이다'라는 진술문은 한순간에 '주연은 동물보호단체 회원이 아닌 선생님이다'로 탈바꿈된다. 살이 붙는 것이다.

두 사건이 있을 때 한 가지 사건이 일어날 가능성은 두 사건이 동시에 일어날 가능성보다 크다. 하지만 이 논리는 직관적으로 이해가 어렵다. 한 사건'이' 일어날 가능성(그림 2)과 한 사건'만' 일어날 가능성(그림 4)을 다르게 보지 못하기 때문이다. 이처럼 한 사건이 일어날 가능성이 더 높음에도 두 사건이 동시에 일어날 가능성이 더 높다고 착각하는 것을 '결합 오류'Conjunction Fallacy라고 한다.

우리 삶은 결합 오류로 가득 차 있다. 물론 언제나 A와 B라는 진술문이 제공되는 건 아니다. 둘 중 하나를 골라야 하는 상황은 거의 없다. 하지만 저마다 마음속에 자기만의 B를 품고 살아간다. B는 경험이 될 수도 있고, 가치관이나 신념 혹은 어떤 대상에 대한 태도가 될 수도 있다. 그래서 누군가 A라고 말했을 때 A에 자신만의 기준인 B가 언급되지 않았다면 상대가 B를 부정한 것이라고 예단한다. '동물보호단체 회원이 아닌'이라는 살을 마음대로 붙인 것처럼 말이다.

네 살짜리 꼬마 아이가 과일에 대해 배웠다. 과일가게에 가서 자랑스럽게 "사과는 과일이에요"라고 말했다. 그런데 과일가게 아저씨가 그럼 바나나는 과일 아니냐며 정색했다. 아이는 얼마나 당황스러웠을까? 아이는 바나나가 과일이 아니라고 한 적이 없다. 그냥 사과는 과일이라고 했을 뿐.

　엉뚱하지 않은가? 이 이야기를 보면 누구라도 과일가게 아저씨가 지나치다고 느낄 것이다. 하지만 우리도 과일가게 아저씨와 별반 다르지 않은 모습으로 살아간다. 말하지 않았다고 해서 상대가 사실을 부정했다고 속단하고, 그 안에 숨은 의도가 있다고 의심한다. 결합 오류를 이끌어 내는 전형적인 사고 패턴이다.

　하지도 않은 말인데 살을 붙이는 실수는 상대의 의도를 오해하게 만드는 시발점이 된다. 부부 싸움을 생각해 보자. 한 명은 육아를 전담하고 한 명은 경제활동을 한다. 육아를 전담한 사람이 자신의 힘든 상황을 털어놓자 상대가 화를 낸다. 돈 버는 건 안 힘든 줄 아느냐. 돈 버는 게 힘들지 않다고 말한 적은 없다. 육아가 힘들다고 말했을 뿐이다. 반대의 경우도 다르지 않다.

　연인 사이도 마찬가지다. 사랑싸움이 반복되면 이런 말이 종종 등장한다. 정말 지친다. 그 말을 들은 상대는 이렇게 반격한다. 그래서, 헤어지자고? 갑자기 왜 이야기가 그리로 튀는 것일까? 지친다는 말은 헤어지자는 말이 아니다. 회사에 지친다고 그만두는가, 집에 가는 길이 지친다고 근처 모텔에서 자는가? 지치는 건 끝낸다는 의미가 아니다.

정말 지친다는 뜻일 뿐이다.

하지만 말하지도 않은 속뜻을 짐작해 상대를 오해한다. '지친다'라고 출력된 음성을 '지친다(그러니까 헤어지자)'라는 의미로 변형해 입력한다. 그리고 쏘아붙인다. 그런 자신의 공격에 상대가 어이없는 미소라도 지으면 마치 자신이 정곡이라도 찔렀다는 듯이 승리감에 도취된다. 물론 그 승리감은 오래가지 못한다. 계속 부추기는 상대방에게 자존심이 상한 이가 결국 "그래, 관두자" 하고 말해 버리기 때문이다. 듣고 싶은 말은 그게 아니었는데, 예정에도 없던 이별을 마주하게 된다. 우리는 언제나 보고 싶은 대로 보고 듣고 싶은 대로 듣는다. 그리고 기대는 언제나 현실보다 힘이 세다.

앤 타일러의 장편소설 『클락 댄스』는 삶에 무료함을 느끼던 할머니 윌라가 괴한에게 총상을 입은 드니즈 대신 그녀의 딸을 돌봐 주는 이야기다. 어느 날 윌라는 총을 쏜 범인이 드니즈 딸의 친구라는 사실을 알게 된다. 드니즈의 딸은 자기 친구가 엄마를 다치게 했다는 사실을 숨기고 싶어 한다. 윌라도 아이의 비밀에 동참하게 된다. 하지만 진실은 밝혀지게 마련이다. 드니즈는 딸의 친구에게 총을 맞았다는 사실에 실망하고, 그 사실을 자기만 뺀 모두가 알고 있다는 것에 격분한다. 그날 밤 윌라와 드니즈는 크게 싸운다. 격앙된 드니즈의 모습에 당황한 윌라는 새벽에 짐을 꾸려 그 집을 떠나기로 한다. 끙끙거리며 캐리어를 끌고 비행기를 타러 가는 윌라를 이웃인 벤이 데려다준다. 그리고 가는 내내 떠나지 말라고, 드니즈 곁에 남으라고 설득한다.

"드니즈도 좋아할 거예요." 그가 말했다.

"농담이에요? 드니즈는 내가 자기 딸을 훔쳤다고 했는 걸요."

"드니즈는 절대 그렇게 말하지 않았어요." 벤이 말했다.

"그런 의미나 마찬가지예요."

"나도 그 자리에 있었잖아요." 벤이 말했다. "기억해요? 부인이 드니즈에게 비밀을 숨겼다는 사실에 항의한 것뿐이었어요. 그게 다였어요."

앤 타일러, 정선하 옮김, 『클락 댄스』, 미래지향, 2019, 345쪽

벤은 말했다. 그게 다였어요. 드니즈는 그저 자신을 속인 사실에 화가 났을 뿐이다. 그게 다였다. 내 딸을 빼앗았다는 말도, 떠나란 말도 아니었다. 그냥 화가 나니까 화가 났다고 말했을 뿐이다. 하지만 윌라는 드니즈가 하지도 않

은 말에 혼자 상처받아 떠나려 한 것이다.

　우리는 상대가 하지도 않은 말을 듣는다. 그리고 사실이라 믿는다. 그 믿음은 상처를 주거나 상처를 되돌려받는 결과를 초래한다. 일어날 필요가 없던 일이 벌어지고 만다. 왜 오지도 않을 불행을 애써 마중 나가는 걸까? 그 마중이 오히려 지나가던 불행까지 초대하게 말이다.

　보이는 게 전부는 아니라고 하지만, 그렇다고 보이지 않는 걸 맞출 순 없다. 특히 타인의 마음에 대해서는. 우리는 독심술가가 아니다. 상대의 마음을 멋대로 읽는 것은 창문에 투과된 빛을 보는 것과 같다. 창문에 얼룩이 있으면 그림자가 생기고, 알록달록한 색깔로 코팅이 되어 있으면 색을 머금은 빛이 내리기 마련이다. 창문을 통한 빛은 온전히 닿지 않는다. 마음도 마찬가지다. 나의 마음을 거쳐 읽힌 상대의 마음은 있는 그대로 닿지 않는다. 그러니 해석을 거치기 전에 들리는 그대로를 듣고 보이는 그대로를 믿자.

남과 비교하며
나를 내세우고 싶을 때

하향 비교

책을 즐겨 읽기 시작한 뒤로 출판사 SNS를 유심히 살펴본다. 흥미로운 신간 도서를 놓치지 않기 위해서다. 그날도 평소와 다름없이 한 출판사의 SNS에 들렀다. 신간 도서를 홍보하는 카드 뉴스가 업로드되어 있었다. 한 장 한 장 피드를 넘겨 보다 심장이 벌렁거리는 문구를 만났다. 반가움은 아니고 당황스러움의 '벌렁'이었다. "자기 계발서나 심리학 책보다는 인생의 깨달음을 주는 이 책을 보세요."

갑자기? 독서 생활을 하다 보면 자기 계발서를 무시하는 장면을 심심치 않게 만난다. 그리고 최근에는 심리학 서적도 무시 대상에 포함되기 시작했다. 독자의 주관이야 어쩔 수 없다지만, 출판사가 이렇게 대놓고? 피가 거꾸로 솟는 기분이었다. 재빨리 프로 불편러의 옷을 입고 출판사에 항의 메시지를 보냈다. 굳이 다른 성격의 책을 평가절하할 필요는 없지 않을까요? 당신들의 홍보 문구 하나가 사람들의 머릿속에 '심리학 서적은 인생의 깨달음을 주지 않는다'는 인식을 심을 수도 있어요. 게다가 지난달에도 심리학 서적을 출판했잖아요.

출판사는 사과와 함께 수정하겠다는 답변을 보냈다. 하지만 본문의 내용만 지웠을 뿐 카드 뉴스에는 버젓이 그 문구를 남겨 놓았다. 몇 시간 동안 모은 '좋아요' 수를 차마 포기하지 못했던 모양이다. 카드 뉴스도 내려 달라고 다시 한번 항의했지만 나의 메시지는 무참히 묵살당해 버렸다.

지나가는 홍보 문구에 뭘 그렇게 예민하게 구느냐고 말할지도 모르겠다. 하지만 이것은 생업이 달린 문제다. 열심히 살아가는 사람의 일을 갑자기 비하한다면 당황스럽지 않을 이가 어디 있겠는가. 치킨가게를 차려 열심히 장사를 준비하는데, 바로 옆집에 한우 식당이 들어와서는 '건강에도 안 좋은 치킨보다는 소고기를 드세요'라고 현수막을 건다면 어떻겠는가.

'그래도 저것보단 내 것이 낫지 않나요?' 굳이 하지 않아도 될 표현으로 상대방을 깎아내리고 자신을 높이려는 시도가 종종 보인다. 도대체 왜 그러는 걸까?

　　프랑스 대문호가 오랜 시간에 걸쳐 완성한 걸작을 공개했다. 그 책을 소개하며 '비문학 책보다는 수준 높은 이 책을 보세요'라고 말할 출판사는 어디에도 없을 것이다. 그저 대문호가 돌아왔다는 사실만 알릴 것이다. 실력이 있다면 실력 자체로 빛이 나니까. 하지만 자랑할 거리가 없을 땐 자신을 빛나게 해 줄 비교 대상을 찾게 마련이다. 남을 비하하며 자신을 내세우는 건 그만큼 내세울 것이 없다는 방증이기도 하다.

　　'나는 누구인가'라는 질문은 평생 우리를 따라다닌다. 그 답을 찾는 방법 가운데 하나로 우리는 '사회 비교'Social Comparison를 시도한다. 사회 비교란 끊임없이 주변 사람을 의식하고 그들과 나를 비교하며 상대적 위치를 파악하는 것이다. 그렇게 파악한 위치를 통해 '나는 누구인가'에 대한 답을 내린다. 그렇다면 사회 비교는 어떻게 하는 것일까?

　　첫 번째는 '상향 비교'다. 영화 『해리 포터』 시리즈가 처음 개봉했을 때 영화를 보고 나서 꽤나 울적해졌다. 이유인즉 헤르미온느가 너무 예뻤기 때문이다. 나는 살면서 그렇게 예쁜 사람을 본 적이 없었다. 거울을 봤는데 웬 밀가루

반죽 같은 게 찌그러져 있었다. 자존감이 바닥을 쳤다. 이런 게 상향 비교다. 나보다 우월한 사람과 비교하는 것. 상향 비교는 두 가지 효과를 가진다. 먼저 대단한 사람과 나를 동일시하며 닮아 가려 노력하는 것. '동화 효과'Assimilation Effect라고 한다. 이 효과가 영향력을 발휘하면 노력하는 사람이 된다. 어릴 때부터 위인전을 보라고 권하는 이유이기도 하다. 영웅을 보고 따르며 훌륭한 사람이 되라고.

『쇼미더머니』라는 힙합 오디션 프로그램이 유행하면서 래퍼로 성공한 이들의 삶이 세상에 공개되었다. '플렉스'를 외치며 외제 차를 몰고 명품을 휘감은 모습에 청소년들은 열광했다. 그리고 그중 일부는 학교를 자퇴하기에 이르렀다. 갑자기 래퍼가 되겠다는 이유에서였다. 감화되고 감동한 그들은 최선을 다했고 이른 나이에 재능을 발견해 떼돈을 벌기도 했다. 한 분야에서 성공한 사람은 상향 비교의 대상이 되어 사람들을 노력하게 만든다.

하지만 모두가 건전한 비교를 하는 건 아니다. 비교 대상이 지나치게 우월할 경우엔 닮겠다는 꿈도 꾸지 못한다. 평소엔 제법 만족스러웠던 나도 한없이 초라하게 느껴진다. '대비 효과'Contrast Effect가 나타나는 것이다. 내가 헤르미온느가 될 수 없었던 것처럼, 영화 『아저씨』를 보고 나온 수많은 남성이 '오징어'가 되는 것처럼, 금수저를 물고 다시 태어날 수 없는 것처럼 아무리 노력해도 넘을 수 없는 벽을 만날 때가 있다. 이때 우리는 상내적 박탈감에 파묻히고 우울감에 허우적거린다.

상향 비교는 동화 효과의 이점보다 대비 효과의 리스크가 더 크다. 그래서 다음으로 선택하는 방법이 '하향 비교'다. 열등한 사람과 나를 비교하는 것이다. 이런 비교를 하는 이유는 단순하다. 자존감을 지키기 위해. 그래도 내가 쟤보다는 낫다는 생각에 위안받고 싶기 때문이다. 어려운 사람을 보며 감사함을 느끼는가? 내 첫 번째 책『인간의 마음을 이해하는 수업』에서 그러지 말자는 메시지를 전한 적이 있다. 어릴 때부터 당연하게 배워 왔던 생각. 힘든 사람을 보며 현재의 감사함을 누리자는 가르침. 그 마음엔 자기도 모르게 타인을 낮추고 우월감을 느끼려는 본질이 숨어 있기 때문이다.

반대로 생각해 보면 쉽다. 누가 나를 보면서 '그래도 쟤보단 나은 삶을 살고 있으니 감사해야지'라고 생각한다면 굴욕적이지 않을까? 나의 불행이 누군가에게 감사의 조건이 된다니 생각만 해도 끔찍하다. 어려운 사람은 그저 도와주면 될 뿐 나를 더 나은 사람으로 만들기 위한 수단으로 삼아서는 안 된다. 그건 예의 없고 비겁한 마음이다.

하향 비교를 하는 사람은 자기개념을 위협받는 사람이다. 불안하고 만족을 모르는 사람. 나보다 부족한 사람을 찾지 않고는 도무지 마음이 편해지지 않는 사람. 나도 그런 친구가 한 명 있었다. 그 친구는 뭐랄까, 하향 비교가 인간으로 환생한 것 같았다. 자신이 가지지 못한 것에 아쉬움을 느끼는 대신 굳이 부정적인 의미를 찾아내곤 했다. 그리고 그걸 가진 사람을 비하하며 정신 승리에 도취되었다. 이를테면 돈이 없어 상대적으로 저렴한 전기 구이 통닭을 먹을 때도 그냥 넘어가는 법이 없었다. 프라이드치킨은 기름기 많고 몸에도 안 좋은데 비싸기까지 하다며 그런 음식을 먹는 사람은 도무지 이해할 수 없다고 비하했다. 그렇게 프라이드치킨을 사랑하는 친구들을 민망하게 만들어야만 속이 후련한 친구였다.

친구는 타인의 부족함을 사냥하듯 찾아냈다. 나 역시 친구의 목표에서 벗어나지 못했다. 몇 해 전 나는 남편의 고향인 지방 소도시에서 결혼식을 올렸다. 소식을 들은 친구는 내게 이런 말을 건넸다. "한 번뿐인 결혼식인데 '그런 데'서 해도 괜찮겠어?" 내가 결혼한 예식장은 리모델링을 막 마친 최신식 시설에다 단독 홀이라 꽤나 만족스러웠던 곳이다. 하지만 친구는 그 와중에 대도시가 아니라는 단점을 찾아내고야 말았다. 하긴 그 친구는 내가 대전으로 이사 올 때도 '그런 데'서 사람이 살 수 있냐고 물었던 인물이다.

돌이켜 보면 친구의 인생은 참 기구했다. 여유롭지 않은 가정에서 자랐다. 그래서인지 늘 조급하고 타인의 것에 욕심을 냈다. 그러다 가질 수 없으면 비하했다. 친구는 내가 결혼하기 몇 해 전 결혼했고, 결혼 생활은 행복해 보이지 않았다. 폭력적인 남편을 만났고 가난에 허덕였다. 그런 친구에게 나의 결혼식은 불행해야 마땅했을 것이다. 자꾸만 누군가의 불행을 찾아내려는 친구의 마음을 조금은 알 것도 같다. 타인이 힘들어야 비로소 자기가 평범해진다는 사실을 그녀는 알았으리라.

자기 확신이 없는 사람은 주위를 두리번거린다. 자기를 빛내 줄 무언가를 찾는다. 그 대상이 자신을 빛나게 해 주지 못하면 그럴싸한 이유를 갖다 붙인다. 상대를 더 어둡게 만들어 자신을 밝게 만든다. 하지만 회색인 내가 검은 상대 곁에 있다고 흰색이 되는 건 아니다. 회색은 여전히 회색일 뿐이다. 하향 비교는 스스로의 가치를 높이는 것이 아니라 남의 가치를 낮추는 것이다. 자존감을 높이지 못한 마음은 다시금 공허함을 초대한다. 더 크고 허무한 슬픔을.

결국 정답은 마지막 방식이다. '유사 비교.' 나와 유사한, 쉽게 말해 고만고만한 상대와 나를 비교하는 것이다. 끼리끼리 비교하면 객관적 판단이 가능하다. 장단점이 정확하게 파악된다. 그러면 바로잡을 것은 고칠 수 있고, 잘한 것은 칭찬할 수 있다. 현재 나를 존중하면서도 조금씩 나아지는 유일한 방법이다.

하지만 고만고만한 타인과의 비교라 해도 언제나 좋은 건 아니다. 상대가 잘 풀리는 것을 보면 시샘이 난다. 왜 나는 저렇게 되지 않는 거지? 금세 입을 삐죽거린다. 그렇다고 실패하는 모습을 보면 기분이 나아지는 것도 아니다. 역시 우리 수준은 안 되는 건가? 동질감을 느끼며 함께 좌절한다. 역시 정말 건강한 비교는 단 하나뿐인가 보다. 바로 어제의 나와 비교하는 것.

어제의 나와 오늘의 나는 크게 차이가 없다. 유사 비교를 하기에 적절하다. 그러면서도 타격감이 적다. 여러모로 이득이다. 어제의 나와 오늘의 내가 다름없다면 본전이다. 적어도 손해 볼 일은 없다. 내일은 오늘보다 나아야지 기대하며 노력하면 그만이다. 그러다 어제의 나보다 오늘의 내가 더 잘했다면 진심을 다해 기뻐할 수 있다. 역시 나는 발전하는 스타일이야! 스스로를 다독여 줄 수 있다. 혹여나 어제의 나보다 오늘의 내가 부족하다면, 그래도 실망할 필요 없다. 어제의 나도 나 아닌가? 결국에 이긴 건 나다. 정신 승리하기에 딱 좋은 비교다.

　하지만 열심히 마음을 다잡아도 여전히 TV 속 연예인이 부러운 게 사실이다. SNS 인플루언서가 질투 나고, 베스트셀러 작가에게 샘이 난다. 그들을 비하하고 낮추고 단점을 찾으면서 위로받고 싶을 때도 많다. 하지만 그것이 결코 나를 더 좋은 사람으로 만들 수 없다는 걸 안다. 그래서 오늘도 어제의 나와 지금의 나를 비교할 뿐이다.

나도 나를 잘 모르겠을 때

자기복잡성

나다운 게 뭔데! 나다운 게 뭐냐고! 청춘 드라마에 나올 법한 대사를 나에게 날린 적이 있다.

학창 시절, 나는 다양했다. 다르게 말하면 다소 일관적이지 못했다. 그리고 그런 모습에 종종 좌절하곤 했다. 친구들과 함께하는 시간에는 마구 망가진 모습으로 장난을 치는 엉뚱한 아이였다. 그러다가도 비뚤어지려는 친구 앞에서는 고민을 들어주며 담배를 끊자고 조언하는 성숙한 아이였다. 언니와 함께 있을 땐 또 달랐다. 어리광 많은 철부지 막내였다. 혼자서는 아무것도 못하는 바보 멍청이. 평소에는 이게 나라냐 하며 불만을 토로하다가도 월드컵 때는 대한민국 국민임을 자랑스러워했다. 이랬다저랬다 왔다 갔다 하며 정말 나를 가지고 장난했다.

자기 전 불을 끄고 하루를 되돌아볼 때 나는 괴로워했다. 잎새에 이는 바람이 없어도 그러했다. 하루에도 몇 번씩 달라지는 내 모습을 이해할 수 없었고, 일관적이지 않은 내 태도가 부끄러웠다. 혹시 내가 다중인격자인가 고민도 해봤다. 나는 대체 누구란 말인가!

대학에 입학한 후 '자기복잡성'Self-complexity이라는 개념을 만났다. 이 개념은 혼란스러웠던 내 마음에 안온함을 선사했다. 자기복잡성이란 사람들이 제가끔 가지고 있는 자기에 대한 도식이 얼마나 다양한지 말해 주는 개념이다. 그렇다. 우리는 복잡하다. 아주 복잡한 모습의 총체가 바로 우리 자신이다. 하지만 사람들은 이런 자기복잡성을 인정하지 않으려 한다. '나는 누구인가?'에 대한 답을 내릴 때 단순하고 일관적인 하나의 나만 찾는다. 정답이 있는 주관식 문제처럼 하나의 이미지로 나를 수렴하려 한다. 나는 밝다, 냉정하다, 이성적이다, 외향적이다…… 가운데 하나만.

하지만 나라는 존재는 그리 단순하지 않다. 어떤 장소에서 어떤 사람과 어떤 행위를 하느냐에 따라 다른 내가 실재한다. 작가로서 나, 부모님의 딸로서 나, 치킨을 좋아하는 나, 친한 친구 앞에서 실없는 농담을 찰지게 날리는 나, 어른들 앞에서 조신한 나, 이 모든 게 전부 나다. 이런 나에 대한 도식이 모여 자기self를 이룬다.

모든 사람이 다양한 모습의 자기를 소유하고 있다. 특정한 모습을 제외한 나머지를 무시하는 것일 뿐 다양하지 않은 사람은 없다. 이것도 나야, 저것도 나고. 이렇게 독립적이고 색다른 자기를 인지하고 인정할 때 자기복잡성이 높다고 표현한다. 자기복잡성이 높을수록 독특하고 개별적인 나'들'의 존재를 존중할 수 있다.

자기복잡성이 높아야 하는 이유는 우리 삶에 원치 않는 불행이 종종 찾아오기 때문이다. 우리는 불행을 통해 실패하는 자기를 마주하게 된다. 이때 자기가 단순한 사람은 실패하는 자기가 자신의 전부이므로 실패란 곧 자신의 전부가 무너진 것과 같다. 하지만 자기가 복잡한 사람은 다르다. 하나의 자기가 실패하더라도 무너지지 않는다. 또 다른 나로 살아가면 그만이기 때문이다. 그리고 어느 순간에 다다라서는 또 다른 내가 실패하는 나를 일으켜 세우는 든든한 지원군이 된다.

한 여자의 이야기를 들어 보면 쉽게 이해가 될 것이다. 그녀는 대학을 졸업한 후 매일 밤 울며 좌절했다. 취업 사이트를 밤마다 뒤져도 지원할 만한 곳이 없었기 때문이다. 준비 기간이 길어질수록 우울감은 심해졌다. 무가치한 자신을 혐오했다. 그런 마음으로 살아가니 뭐 하나 진득하니 해낼 리가 없었다. 그러다 문득 자신을 향한 다정한 기대를 품는다. 세상에 존재할 이유가 없는 이는 없다고, 자기 역시 그러할 거라고. 어딘가 자신을 필요로 하는 곳이 있을 거라고. 나는 어떤 사람일까, 세상은 어떤 나를 필요로 할까? 내면을 들여다보다 문득 동물을 사랑하는 자신을 발견한다.

다음 날 여자는 지역 유기 동물 보호센터를 찾아간다. 사랑이 간절한 생명에게 도움의 손길을 건넨다. 센터 직원들은 그녀에게 감사를 표한다. 덕분에 오늘 잘 버텼노라고, 또 방문해 주길 기대한다고. 그날의 경험은 용기가 되고 새로운 일에 도전할 기반이 된다. 그녀는 얼마 지나지 않아 원하는 직장에 입사하게 된다. 훈화 말씀에나 나올 법한 이 지루하게 아름다운 이야기는 사실 내 경험이다.

'취업 준비생 자기'만으로 살던 시절이 있었다. 몇 차례 실패를 경험했고 그 후로는 기회조차 없었다. 끔찍했다. 내 인생에 종말이 찾아온 것 같았다. 하지만 또 다른 나를 발견했다. 동물을 좋아하는 나, 그런 나로 할 수 있는 일에 도전했다. 비록 직장은 없을지라도 누군가에게 가치 있는 존재가 되는 경험을 할 수 있었다. 이 경험은 실패로 소진된 나에게 새로운 연료가 되어 주었다. 그리고 다시 도전할 수 있게 해 주었다.

많은 이들이 나와 다르지 않으리라 생각한다. 대학에 가야 하는 나, 취업해야 하는 나, 결혼해야 하는 나, 내 집 마련에 성공해야 하는 나, 이상적인 목표를 가진 나. 그러니까 '되어야 할 나'의 대기자로 살아간다. 하지만 대기자는 실패에 직면하기 마련이다. 그때 대기자 자기로만 살아온 이는 인생 전체가 부정당하는 기분에 사로잡힌다. 하지만 우리에게는 그런 나만 있는 것이 아니다. 동물을 좋아하는 나, 음악을 잘하는 나, 책을 읽는 나, 요리를 잘하는 나처럼 행복한 모습도 있다. 친절한 나, 기부하는 나, 행인을 돕는 나처럼 타인에게 의미 있는 모습도 있다. 목표와 의무를 지닌 내가 아닌 나를 위한 나의 모습이 있다. 그 모습으로 살아갈 때 세상을 향한 시선이 변한다. 시선은 다른 희망의 문을 열어 준다.

물론 우리 안의 자기가 언제나 바람직한 것은 아니다. 무단횡단을 하면서 쓰레기를 줍는 남자를 보았다는 어떤 사람의 말처럼 사람에게는 아이러니한 모습이 공존한다. 근사한 자기가 있는 반면에 지질한 자기도 있고, 선한 자기가 있는 반면에 악한 자기도 존재한다. 이 모습 모두가 부인할 수 없는 나의 모습이다. 우리는 다양한 나의 모습을 있는 그대로 인정해야 한다. 상황에 따라 다른 내 모습이 일관적이지 않다고 혼란에 빠질 필요는 없다. 좋은 자기는 그대로 잘 유지하고 나쁜 자기는 좋은 자기가 되도록 노력하면 될 뿐이다. 그 첫 발걸음은 먼저 그 모든 게 나라는 사실을 받아들이는 것이다.

다만 오해해서는 안 되는 부분이 있다. 다양한 자기를 인정하라는 것이 위선과 가식을 부리라는 말은 아니다. 위선의 사전적 의미는 겉으로만 그런 척하는 것, 가식의 사전적 의미는 거짓으로 꾸미는 것이다. 진심에도 없는 '척'을 하는 건 내 모습이 아니다.

이혼을 고민 중이라는 한 여자의 사연이 떠오른다. 오랜 몸살로 고생하던 때였다. 입맛을 잃어 며칠을 굶은 여자는 드디어 먹고 싶은 음식을 떠올렸다. 짬뽕이었다. 여자는 남편에게 짬뽕을 사다 줄 수 있는지 물었다. 남편은 웃으며 흔쾌히 집을 나섰다. 하지만 며칠 뒤 아내는 큰 충격을 받는다. 블랙박스를 확인하던 중 남편이 그날 내뱉은 혼잣말을 듣고 만 것이다. 녹음된 음성파일에는 격앙된 남편의 목소리가 담겨 있었다. 그는 씩씩거리며 이렇게 말했다. "먹고 싶으면 지가 사 올 것이지. 야밤에 나갔다 오라고 시키고 X랄이야." 남편의 본모습을 알게 된 여자는 그의 다정한 모습을 마주할 때마다 불안했다. 남편에 대한 신뢰를 잃은 것이다.

남편의 다정함은 본모습이었을까? 관계를 지속하기 위한 노력이었을 수는 있다. 하지만 그것이 그의 진심이라고 볼 순 없다. 아내를 존중하지 않는 자기가 존중하는 척하는 사람의 가면을 쓰고 살아갔을 뿐이다. 평생 가짜로 살 순 없다. 자기답지 못한 모습을 억누르며 살다 보면 예상치 못한 순간에 본색이 드러난다. 우연히 듣게 된 블랙박스 속 음성처럼. 연극은 언젠가 끝나기 마련이다.

물론 사회생활을 하다 보면 나의 모습을 숨기고 필요에 따라 참아야 하는 순간을 마주한다. 나는 원래 이런 사람이라며 최소한의 노력조차 하지 않는다면 사회적 동물로서의 역할을 잘해내지 못하는 것이다. 재미없는 농담에 웃어주고, 힘겨워도 괜찮다고 미소 지을 줄 알아야 한다. 달갑지 않은 선물에 진심으로 기뻐하는 척 감사 인사를 건넬 줄도 알아야 한다. 함께하는 삶에 이로운 사회적 기술이다.

하지만 연기자가 어느 역할을 잘 소화했다고 해서 캐릭터 자체가 되는 건 아니다. 그저 연기를 잘하는 사람일 뿐이다. 이처럼 위선과 가식을 잘 부린다고 해서 그 모습이 진짜 자기가 되는 것은 아니다. 그는 그저 사회적 기술을 잘 사용하는 유능한 연기자일 뿐이다.

이상적인 사람이 되고 싶다면 이상적인 사람인 척하기보다 이상적인 사람으로 변하기 위해 노력해야 한다. 변화의 첫걸음은 나를 있는 그대로 받아들이는 데서 시작된다. 착하지 않은 사람은 착한 척하기보다 착하지 않은 자신을 인정해야 한다. 그 후에 변화를 위해 노력해야 한다. 다정하지 않은 사람은 다정한 척하기보다 다정하지 않은 자신을 인정해야 한다. 그 후에 다정한 마음을 품도록 노력해야 한다. 직면은 변화의 전제 조건이다.

자기를 직면해 좋은 사람이 되는 것은 교훈적이다. 하지만 이보다 더 가치 있는 삶의 방향은 있는 그대로의 내 모습이 빛날 기회를 찾는 것이다. 적시 적소에, 아니 적재적소에 알맞은 자기를 배치하는 법을 배우면 된다. 장점과 단점은 동전의 양면과 같다. 어느 장면에서 부적절한 자기가 또다른 장면에서는 빛날 수 있다.

한 유명 먹방 크리에이터가 방송에서 자신의 어린 시절 이야기를 꺼낸 적이 있다. 그는 부한 체격 때문에 놀림당했던 경험이 상처로 남았다고 고백했다. 하지만 그는 자신의 먹는 모습을 숨기지 않았다. 깨작거리지 않았다. 오히려 복스럽게 먹는 모습을 방송에 공개했다. 그를 본 사람들은 대리만족을 느끼며 행복해했고, 아픈 환우는 잃었던 입맛을 되찾았다. 그의 단점은 더 이상 단점이 아니었다.

　우리에게는 다양한 모습이 존재한다. 때로는 그 일관적이지 않은 모습에 혼란스러운 순간도 마주한다. 하지만 그 모든 모습이 나다. 숨긴다고 숨길 수 없는 나. 마음에 드는 나도 있고 그렇지 않은 나도 있다. 하지만 마음에 드는 나만 인정할 필요는 없다. 마음에 들지 않는 나는 더 좋은 나로 성장할 기회를 제공하고, 때로는 예상치 못한 순간에 엄청난 매력으로 탈바꿈할 수도 있기 때문이다. 그러니 마음껏 복잡해지자. 그리고 복잡한 나를 사랑하자.

2장

그와 마주 서는 법

무슨 답을 원하는지
모르겠을 때

자율성 욕구

치마 살까? 바지 살까?

치마가 훨씬 날씬해 보이지. 치마 사.

치마는 활동하기 불편하잖아.

그건 그렇지. 그럼 바지 사.

그래도 치마가 예쁜데…… 에이, 그냥 치마 살래.

……(왜 물어봤니?)

    그녀와 쇼핑을 다닐 때마다 반복되는 대화 패턴이다. 원하는 물건은 정해져 있으나 일단 물어보고 원하는 답이 나오지 않으면 쿨하게 거절한다. 현대사회를 살아가는 지혜로운 인간은 이러한 태도로 사람들의 속을 터지게 하는 종족을 '답정녀' '답정남'이라 부르기로 했다. 답은 정해져 있으니 너는 그에 맞는 대답만 하라는 것이다. 문제는 답을 맞힐 수가 없다는 것. 오답의 삐 소리를 들으며 매번 상처받아야 한다는 것.

살아가는 동안 수많은 '답정인'과 마주하게 된다. 굳이 신경 써서 대답해 봤자 돌아오는 말은 이건 이래서 싫고 저건 저래서 싫다는 것이다. 질문에 답을 하기 위해 공들인 시간은 무가치하게 휘발된다. 그러나 그들이 내 인생의 특별한 빌런이라고 말할 수는 없다. 우리는 모두 알게 모르게 그런 행동을 하고 있으니까.

강아지를 키우면서 이런저런 정보를 얻으려고 질문 공세를 퍼붓기 시작했다. 영양제는 어디 제품이 좋나요? 간식은 뭘 먹이나요? 리드 줄은 어디 브랜드 써요? 하지만 막상 돌아온 대답은 영 미심쩍다. 이 사람은 제품 협찬을 너무 많이 받고, 저 사람은 동시에 사용하는 제품이 너무 많다. 저 사람은⋯⋯ 그냥 말하는 본새가 신뢰가 안 간다. 결국 남들도 몰랐던 제품을 발견해 내고서야 뿌듯해한다. 그렇게 오늘도 답정인으로 살아가는 나에게 묻고 싶다. 그럴 거면 왜 물어봤니?

인간은 거부할 수 없는 세 가지 심리적 욕구를 품고 있다. 바로 유능성, 관계성, 자율성 욕구다. 용어만 봐도 딱 알 수 있다시피 유능성은 잘하고 싶은 욕구, 관계성은 잘 지내고 싶은 욕구, 마지막으로 자율성은 자유롭게 행동하고 싶은 욕구다. 이 세 욕구는 자연스럽게 일어나는 본능이다. 인간의 의지로는 도무지 피할 재간이 없다. 특히 자율성은 주체적이고 의미 있는 삶을 사는 것처럼 느끼게 하므로 결코 포기할 수 없는 욕구다. 언제 시작할까? 언제 그만둘까? 뭘 먹을까? 뭘 살까? 어떤 선택을 하든 스스로 결정하겠다는 본능의 외침은 영원히 피할 수 없는 운명이다.

식당에 가서 메뉴판에 나열된 수많은 음식을 본다. 이내 혼란에 빠진다. 이것도 맛있을 것 같고 저것도 맛있을 것 같다. 이 메뉴는 상상이 안 되니까 도전해 보고 싶고, 저 메뉴는 뻔히 아는 맛이라 더 먹고 싶다. 도대체 뭘 먹는담? 절체절명의 순간, 우리 앞에 한 줄기 희망의 빛이 내리쬔다. 아무거나. 바로 '아무거나'라는 메뉴가 있는 것이다. 혼돈의 카오스로부터 나를 구원해 줄 자비의 손길이다. 호기심 반 기대 반으로 도전해 본다. 음식이 나왔다. 자, 만족할 수 있을까? 결코. 이내 생각한다. 차라리 아무거나 다른 걸 시킬걸.

'아무거나'는 자비의 탈을 쓴 괴물이다. '아무거나'의 늪에 빠지면 관계도 불행해진다. 예를 들어 이런 상황을 상상해 보자. 애인과 오랜만에 만나 저녁 메뉴를 고르는 중이다.

자기야, 오늘 저녁 뭐 먹을까?

우웅, 나는 자기가 먹고 싶은 건 아무거나 다 좋은데?

아무거나? 그럼 우리 순대국밥 먹을까?

히잉, 순대국밥은 어제 먹었는데.

그럼 피자 먹을까? 그때 피자 먹고 싶다고 했잖아.

피자는 살찌는데.

그럼 샐러드 먹으러 갈까?

샐러드로 밥이 되겠어?

그럼 네가 먹고 싶은 걸 말해 봐.

우웅! 나는 진짜 아무거나 괜찮아!

'아무거나'를 외치는 이는 작정하고 우리를 괴롭히려는 걸까? 그렇지 않다. '아무거나'를 원하는 마음에 거짓은 없다. 하지만 그에 대항하는 또 다른 내면의 힘이 우리를 분노하게 만드는 것이다. 그게 바로 자율성 욕구다. 우리는 즐거운 것, 좋아하는 것, 가치 있는 것을 스스로 결정하길 바란다. 하지만 어느 것이 정답인지 자기도 모른다. 그래서 뭘 해도 괜찮을 거라고 착각한다.

타인에게 선택권을 넘기는 순간에는 어떠한 결정이 돌아와도 괜찮을 거라고 믿는다. 하지만 상대의 입에서 답이 나오는 순간 그것이 의외의 답임을 알게 된다. 내가 기대했던 옵션 안에 없는 답. 그 답이 오답인 이유를 하나둘 찾기 시작한다. 그리고 거절한다. 거절하고 거절하고 또 거절한다. 그렇다고 마음이 변한 건 아니다. 여전히 아무거나 괜찮다(고 믿는다).

도대체 왜 이러는 걸까? 이유는 단순하다. '내'가 결정하고 싶으니까! 하지만 문제는 내가 얼마나 자유를 좇는 존재인지 인지하지 못한다는 것이다. 이유 없이 계속 짜증을 내는 사람의 입에 달콤한 무언가를 넣어 보자. 빠르게 화가 풀린다. 그제야 자신이 배고팠다는 사실을 인지한다. 욕구는 그렇다. 내가 뭘 원하는지 모르지만 어딘지 불편한 상태가 계속된다.

우리는 스스로 결정하고 싶은 마음이 있으면서도 그 사실을 눈치채지 못한다. 그래서 상대에게 질문의 답을 내려도 좋다고 허락한다. 하지만 막상 돌아오는 답에 화가 난다. 어쩜 생각해도 하필 그런 답이냐면서. 정말 그 답만 아니면 뭐든 괜찮았을 거라면서. 사실은 직접 선택하지 못했다는 분노에 대한 명분을 찾는 것뿐이다.

몇 명의 빌런으로부터 상처를 받은 후 몇 가지 대응책을 세웠다. 첫 번째 대처법은 아무 말이나 하는 것이다. 치마를 살까, 바지를 살까? 친구의 결정은 나에게 아무래도 중요하지 않다. 굳이 고민할 필요가 없다. 그래서 입에서 나오는 대로 내뱉는다. 치마. 그러면 자유를 잃고 좌절한 친구가 치마를 사면 안 되는 이유를 나열하기 시작한다. 그럼 말을 바꾼다. 그럼 바지. 이제 나의 소중한 꼬마 악당은 바지를 사면 안 되는 이유를 나열할 것이다. 그럼 적당히 그렇구나 대꾸해 주면 된다. 최선을 다해 저항하던 친구는 그 과정을 통해 답을 찾게 될 것이다. 내가 할 일은 그저 친구가 원하는 목표를 향해 가도록 생각의 물꼬를 터 주는 것이다.

물론 효과적으로 나의 결정을 따르게 하는 방법도 있다. 선택은 내가 하되, 그 안에서 또 다른 선택권을 주는 것이다. 치마를 살까 바지를 살까 고민하는 친구에게 "벨벳 치마나 플리츠 치마 어때?" 하고 묻는다. 상위 카테고리는 내가 결정하지만 그 안에서 새로운 선택권을 주는 것이다. 이제 친구는 답도 얻고 선택권까지 얻었으므로 마음이 편안해진다. 반발할 필요를 못 느낀다. 물론 여기서 끝나지 않고 "그중에 뭘 사지? 색은 뭐로 하지?" 하고 무한 반복을 시도할 수도 있다. 그땐 다시 첫 번째 방법으로 돌아가면 된다. 아무 말이나 하기.

또 다른 방법은 논리적이고 의미 있는 설득을 시도하는 것이다. 반박 경로를 차단하고 친구가 고민해야 할 몫까지 대신해 준다. 이 선택이 얼마나 가치 있는지 알려 준다. 자율성을 뛰어넘는 효율성에 사로잡히도록. 상대보다 내가 더 많은 정보를 알고 있을 때, 그 선택에 확신이 있을 때 써먹는 방법이다. 하지만 나조차 확신하지 않는다면 굳이 답을 내려 줄 필요는 없다. 답은 언제나 본인에게 있으니까.

내가 원하는 답이 선택되어야 할 때는 반발심을 역이용할 수도 있다. 매사에 반대를 위한 반대를 하는 친구가 있다고 치자. 그 친구와 저녁 약속을 잡았다. 친구가 묻는다. "저녁 뭐 먹을래? 치킨? 비빔밥?" 나는 사실 치킨이 먹고 싶다. 그럼 이렇게 말해 본다. "비빔밥?" 대답이 돌아온다. "하, 비빔밥 며칠 전에 먹었는데." 그럼 아쉬워하며 치킨을 먹자고 한다.

물론 이 방법은 상대를 잘 파악하고 있을 때만 사용해야 한다. 배려심이 지나친 상대는 자율성 욕구를 억누른다.

며칠 전 비빔밥을 먹었음에도 꾹 참고 내 말을 따를 수 있다. 그런 날에는 둘 다 원치 않는 비빔밥을 꾸역꾸역 먹어야 한다.

'답정인'이 던지는 대부분의 질문은 그들의 중요한 인생사와는 무관하다. 어떤 결정을 한다 해도 티끌만 한 오점 하나 남지 않을 사사로운 고민일 뿐이다. 그러니까 우리에게 묻는 것이다. 그런 질문에 답하기 위해 애쓸 이유는 없다. 쓸데없는 책임감을 가질 필요도 없다.

만약 타인의 고민이 일생일대의 중요한 사건이라 해도 신경 쓸 필요가 없다. 우리에게 던진 질문은 그저 스스로 답을 찾아가기 위한 긴 여정에서 찰나에 불과할 테니까. 나의 대답이 그들이 걸어갈 방향을 좌지우지하지 않는다는 뜻이다. 그러므로 나의 대답이 받아들여질지 아닐지 부담을 느낄 필요 없다. 답을 툭 던져 보고 좋으면 해라, 싫으면 마라 하는 마음가짐이면 된다.

화풀이 대상이 되었을 때

전치

몇 해 전 여름, 남편과 함께 제주 용눈이오름에 올랐다. 처음 가 본 오름은 가히 아름다웠고, 그 자리에 딱 어울릴 만한 야생마들이 풀을 뜯고 있었다. 울타리가 없이 말을 본 것은 처음이었다. 신기하고 아름다웠다. 같이 사진이라도 찍어 볼 요량으로 말에게 다가가려 했다. 하지만 나보다 앞서 말을 발견한 관광객 세 명이 소리를 깍깍 질러 대며 선수를 쳤다.

말은 예민한 동물이다. 야생마는 더더욱 그렇다. 소리를 지르며 다가오는 사람들이 그리 달갑지 않았을 것이다. 말은 히힝 하며 몸을 돌리더니 입을 사납게 벌리고 닥치는 대로 아무나 물려고 들었다. 그 뒤에 멀뚱히 서 있던 내가 진노한 동물의 표적이 되었다. 아수라장이었다. 정신을 차려 보니 내 팔뚝에 말 대가리가 매달려 있었고, 이를 본 관광객들은 더욱 격하게 소리를 질러 댔다. 꺅꺅. 분위기가 고조될수록 말은 입에 힘을 주고 내 팔을 거의 삼키다시피 했다. 가까스로 말을 떼어 낸 후에야 팔뚝에 초록색 풀물이 든 (여행을 위해 장만한 새) 옷을 볼 수 있었다.

"아니, 소리 지른 건 저 사람들인데 왜 나를 물고 지랄이야!" 아프기도 하고 당황스럽기도 하고 무엇보다 쪽팔렸던(이보다 더 적절한 표현이 없다) 나는 분노가 치밀어 올랐다. 차에 타자마자 얼얼하게 부어오른 팔을 노려보며 오늘 저녁엔 말고기를 먹겠다고 으스댔다.

누구나 살다 보면 한 번쯤 말에 물린다. 이건 개소리다. 그런 일은 없다. 내가 이 이야기를 할 때마다 말에 물린 사람은 생전 처음 본다며 모두 기함한다. 누구에게 말하기도 민망한, 진정 수치스러운 이 기분은 오롯이 나 혼자만의 몫이었다. 거기에 3주 동안 빠지지 않은 팔뚝의 멍도 나의 몫이었다. 하지만 확실하게 말할 수 있는 건, 말에 물려 본 사람은 한 명도 없을지언정 내가 느낀 감정으로부터 자유로운 사람 역시 한 명도 없으리란 사실이다. 이런 생각을 품어 보지 않은 사람은 아무도 없을 것이다. 잘못한 건 재인데 왜 나한테 지랄이야!

화풀이 대장이 있었다. 나는 그의 욕받이였다. 내가 잘못한 일도 아닌데 어찌나 짜증을 내는지 그 사람과 마주치면 하루 온종일 주눅이 들었다. 하필 그런 날은 또 같이하는 회의가 잡히기 마련이다. 그날도 신경질을 잔뜩 얻어먹고 회의 자리에 참석했다. 미움 반 서러움 반으로 고개를 푹 숙이고 눈을 마주치지 않으려 애썼다. 그 상황에서 그가 교장 선생님의 훈화 말씀처럼 일장 연설을 시작했다. 누군가 여러분에게 지나치게 대했다면 그건 보통 여러분 탓이 아니에요. 가정에 문제가 있든지 그날 안 좋은 일이 있었을 거예요. 그 불똥이 하필 여러분에게 튄 거죠. 그러니 누구에게 상처받아도 크게 신경 쓰지 말아요. '지랄하네!' 나는 속으로 외쳤다.

심리학에서는 이런 경우를 '전치'Displacement라는 방어기제로 설명한다. 전날 부부 싸움으로 화가 덜 풀린 엄마는 출근하는 남편 대신 침대에서 뭉그적대는 아들의 등짝을 강타한다. 그리고 여기에 더해 한마디를 던진다. 누굴 닮아 이렇게 게으른지 모르겠네. 큰형에게 혼난 작은형은 동생을 불러 짜증을 내고, 선배에게 혼난 동기는 후배를 집합

시킨다. 상사에게 한 소리 들은 직장인은 가는 길에 발견한 쓰레기통을 깡 소리가 나도록 차 버린다. 이때 바닥에 나뒹구는 쓰레기는 아마 이렇게 생각할 것이다. 왜 나한테 지랄이야. 분노 유발자가 아닌 만만한 대상에게 감정을 해소하는 것, 이것이 전치다.

전치는 때로 욕망을 대체하는 도구가 된다. 나에게 욕망을 주는 대상을 취할 수 없을 때 그보다 만만한 대상을 찾아 해결하는 것이다. 영화 『후궁』은 그와 관련된 이야기를 소개한다. 성원대군은 첫눈에 반한 화연을 중전으로 삼는다. 하지만 화연은 이미 사랑하는 사람이 있었기에 성원대군을 거부한다. 성원대군은 가질 수 없는 화연을 욕망하며 대신 화연의 시녀 금옥을 취한다. 금옥과의 잠자리 장면에서 성원대군은 화연의 피부가 어떠한지, 가슴은 어떠한지 같은 변태적 질문을 난발하며 폭력적인 정사를 한다. 그 순간 그가 취한 이는 금옥일까, 화연일까?

전치는 말 그대로 이곳에 있는 것을 저곳으로 이동시킨다는 뜻이다. 만만치 않은 상대에게 향해야 할 행동을 만만한 이에게로 옮겨 행하는 것이다. 프로이트는 이런 방어기제가 나오는 이유를 건강하지 못한 자아로 설명한다. 자아가 강한 사람은 자신의 욕망 혹은 공격성의 대상을 분명히 안다. 그리고 해결할 수 있는 현실적 대안을 찾는다. 하지만 자아가 약한 사람은 문제를 해결할 힘이 자신에게 없다고 느낀다. 그렇다고 감정을 억누를 만큼 통제적이지도 못하다. 결국 엉뚱한 대상을 목표물로 삼아 해소하거나 화를 돋우거나 더 큰 욕망에 사로잡힌다.

　이런 생각으로 화풀이 대장 어르신을 바라봤다. 나이가 저리 들어서도 자아가 건강하지 못하구나, 미숙하다 생각했다. 그러자 우월감에 마음이 약간은 편해졌다. 하지만 그 상태가 오래간 건 아니다. 얼마 지나지 않아 부끄러운 사건이 일어났기 때문이다. 어르신에게 혼나고 잔뜩 주눅이 든 나는 후배에게 부탁한 일을 확인하러 갔다. 결과는 기대에 미치지 못했다. 후배가 나의 부탁을 잘못 이해한 것이다. 순간 나는 심하게 짜증을 내 버렸다. 아주 사소한 실수였는데 돌이킬 수 없는 문제라도 일으킨 것처럼 크게 화를 냈다. 후배는 그 자리에서 엉엉 울었고, 그 모습을 보니 정신이 번쩍 났다. 나의 행동은 후배를 위한 마음도, 알려 주려는 진심도 아니었다. 나 역시 받은 만큼 돌려줬을 뿐이다. 엉뚱한 대상에게 말이다.

　전치의 가장 큰 문제는 이것이다. 전치는 새로운 전치를 불러온다. 낙수효과처럼 가장 높은 사람이 그보다 낮은 사람에게, 낮은 사람은 더 약한 사람에게 화를 푼다. 약자는 강자의 감정 쓰레기통이 되고, 넘치는 쓰레기를 다음 약자에게 떠넘긴다. 결국엔 가장 힘없는 약자와 동물이 최후의 피해자로 남는다.

쥐도 몰리면 문다고, 더 큰 문제는 맨 아래에서 모든 화를 받아 내던 약자가 강자를 무는 일도 생긴다는 것이다. 새로운 방향의 전치가 나타난다. 약자는 참아 왔던 분노를 표출하기 위해 폭력적 방식도 서슴지 않는다. 그 분노는 세상을 향하고 사회를 향하고, 닥치는 대로 아무나 공격하는 잔인한 범죄로 탈바꿈한다. 우리 사회가 전치를 멈추지 않는 한 부정적 감정은 무한궤도를 타고 사람들을 망가트릴 것이다.

전치의 대상은 주로 누가 될까? 아무리 화를 내도 떠나지 않을 거라 믿는 사람. 바로 가족, 애인, 친구같이 사랑하는 사람이다. 어떤 상처를 줘도 언제나 내 편이 되어 줄 사람. 그들에게 우리는 쉽게 전치를 한다. 때로는 내 기분 좀 알아 달라며 부러 더 크게 짜증을 낸다. 결국 우리를 가장 사랑하는 사람은 기꺼이 감정 쓰레기통이 되어 자신의 마음을 내어 준다. 하지만 마음에 부정적 감정이 가득 차면 병이 난다. 마음도 몸도 상한다. 결국 전치는 사랑하는 사람을 망가트린다. 누군가를 희생시키면서 위로받는 것을 멈춰야 하는 이유다.

고등학생 시절, 친구와 다투고 속이 상했는데 그 마음을 해결할 방법을 알 수 없었다. 누군가에게 도움을 받는 데 미숙했던 나는 방문을 닫고 코가 빨개지도록 울기만 했다. 이런 내 모습을 아무에게도 들키지 않길 바라면서. 하지만 그날따라 일찍 돌아온 엄마가 방문을 활짝 열어젖혔다. 엄마는 무슨 일이냐고 물었고, 나는 콧물이 난다고 얼버무렸다. 그러자 엄마는 미소를 지으며 "너무 슬퍼서 콧물이 났지?"라고 말했다. 그리고 조용히 방문을 닫아 주었다. 엄마의 배려는 따뜻했다. 집요하지 않아 고마웠다.

사랑하는 사람들은 다 안다. 우리의 마음을. 언제나 우리를 위로할 준비가 되어 있다. 우리가 그들을 화풀이 대상으로 삼지 않고 솔직하게 다가가기만 한다면.

비난의 화살이 날아올 때

어린 시절 부모에게 받은 학대 경험을 시로 승화한 작품을 만났다. 돌아보고 싶지 않은 과거를 마주한 시인의 용기가 달가웠고 세상의 잘못을 짊어진 시 속 아이의 성숙에 마음이 아팠다. 그 시집을 읽을 무렵 세상은 또 하나의 사건으로 떠들썩했다. 아동학대로 사망한 어린아이 이야기였다. 모든 부모와 부모의 마음을 품은 사람들이 분노했고, 사람이기를 포기한 아이의 엄마를 혐오했다. 당시 SNS엔 '#○○야미안해'라는 해시태그로 죽은 아이를 추모하는 물결이 한창이어서, 나 또한 이 의미 있는 일에 동참하고자 시를 소개하는 게시글을 올렸다. 아픈 기억을 품고도 살아 내는 모

126

든 이에게 이 시가 닿기를 바라며.

　　다음 날 아침, 나의 SNS에 달린 댓글 하나를 마주하고 무척 당황했다. 죽은 아이를 이용해 책을 홍보하는 거냐고 비난하는 댓글이었다. 시인과 일면식도 없는 나였기에 상상도 못한 반응이었다. 부랴부랴 해시태그를 지웠다. 당시는 아이의 죽음을 이용해 굿즈를 판매하는 등 말도 안 되는 일이 벌어지던 때라 오해할 만도 했다. 그래도 억울한 마음이 드는 건 사실이었다. 추모 방식은 사람마다 다른데 말이다.

　　이름도, 성도, 심지어 얼굴도 모르는 심판자에게 혼나는 사람들이 많아졌다. 불의의 사고로 한 배우가 세상을 떠난 날, 일부 팬들이 사망한 배우와 친했던 연예인의 SNS로 달려갔다. 친구가 죽었는데 뭘 하고 있냐며, 해외 촬영 중인 그에게 당장 귀국하라고 명령했다. 어련히 알아서 하지 않았을까. 기사로 소식을 접한 당신들보다 빠르게 소식을 들었을 그다. 기부 활동이 활발하던 시기에 한 인플루언서의 댓글 창이 마비되기도 했다. 다른 사람들은 기부하는데 당신은 왜 여행만 다니느냐고, 그 돈으로 어려운 사람을 도우라고 비난했다. 그는 말없이 몇 주 전 행한 기부 증명서를 인증해 사람들의 논란을 잠재웠다. 어떤 펫플루언서(SNS

에서 유명한 강아지 보호자)는 산책을 이렇게 하라느니, 간식을 저렇게 주라느니 매일 간섭하는 팔로워들에게 질려 '대단한 키보드 강형욱들 납셨다'며 비아냥으로 대응했다. 하지만 악성 댓글은 멈추지 않았다.

키보드 조언자의 피곤한 공격은 유명 인사들이 흔히 겪는 곤욕이다. 익명의 권위자에게 비난받는 건 유명하기 때문에 치러야 할 세금 같은 걸까? 유명하지 않은 나에게도 비난 댓글이 달린 것을 볼 때 누구든 당할 수 있는, 아니 한 번쯤 당해 본 일일 것이다. 오지랖은 왜 멈추지 않는 것일까?

한 남자가 있었다. 그의 아내는 불치병으로 곧 죽어 가고 있었다. 다행히도 좋은 소식이 들려왔다. 한 제약 회사에서 치료제를 개발했다는 것이다. 그런데 약값이 터무니없이 비쌌다. 그의 형편으로는 절대 구입할 수 없는 수준이었다. 남자는 제약 회사를 찾아가 사정했다. 조금만 깎아 주면 안 되느냐고. 회사 측에서는 개발에 많은 비용이 들어가서 안 된다며 거절했다. 그는 다시 아내를 먼저 살리고 돈은 천천히 갚으면 안 되겠냐고 물었다. 회사는 그에게 갚을 능력이 없다고 판단해 이를 거절했다. 결국 남자는 새벽에 몰래 제약 회사의 창문을 부수고 들어가 약을 훔쳤다. 남자의 선택은 옳았을까?

이는 심리학자 로런스 콜버그가 도덕성 발달 단계 이론을 정립하기 위해 만든 '하인즈 딜레마'Heinz dilemma 이야기다. 콜버그는 이야기 속 남자 주인공인 하인즈의 딜레마 상황을 소개하고선 아내를 살리기 위해 약을 훔친 행위가 옳은지 판단해 보라고 한다. 그 대답이 그 사람이 얼마나 도덕적으로 성숙했는지를 알려 준다.

콜버그는 인간의 도덕성이 세 수준에 걸쳐 발달한다고 말한다. 각 단계를 결정하는 기준은 하인즈의 행동이 정당한지 판단하는 것과 관련이 없다. 아내를 살리는 것이 옳을 수도 있고, 도둑질을 하지 않는 것이 옳을 수도 있는 딜레마 상황이기 때문이다. 응답자의 답변 자체로는 개인의 도덕성을 판단할 수 없다. 중요한 것은 옳다고 혹은 그르다고 응답한 '이유'다. 왜 그렇게 생각했는지가 도덕성이 세 단계 중 어느 수준까지 성숙했는지를 판단하는 기준이 된다.

가장 낮은 도덕성 단계는 '전인습적 수준'이다. 이 단계에 머무는 사람은 그 행위로 상을 받는지 벌을 받는지 보고 이에 따라 옳고 그름을 판단한다. 도둑질하면 경찰이 잡아가니까, 약을 훔치면 아내가 나을 수 있으니까, 이런 대답처럼 처벌을 피하거나 보상을 추구하는 것이 행위의 목적이 된다면 전인습적 수준에 해당한다고 볼 수 있다. 이는 마치 사탕을 주면 납치범도 좋은 사람이라고 생각하는 어린이의 사고처럼 단순하고 미숙한 단계로 볼 수 있다. 두 번째 단계는 '인습적 수준'이다. 이 단계에 속하는 사람은 타인의 시선과 사회가 마련한 규칙을 중요시한다. 타인의 시선이 중요한 사람은 착한 사람으로 보이기 위한 결정을 한다. 도둑질하면 사람들이 비난하지 않을까요? 아내를 살리지 못하면 나쁜 남편으로 보이지 않을까요? 이런 식으로 대답하는 것이다. SNS 인증을 위한 보여 주기식 선행을 하거나 가식과 위선으로 똘똘 뭉친 행동을 하고 자신의 모습에 뿌듯해하는 것이 바로 이 단계다.

타인의 시선보다 조금 더 성숙한 기준을 가진 사람들은 법과 질서를 지켜야 한다는 명분을 도덕성의 기준으로 삼는다. 사회적 약속을 지키는 것이 진정한 선이라는 것이다. 이들에게 규범이란 절대적 규칙이고 어떠한 상황이라도 반드시 지켜야 하는 약속이다. 악법도 법이고, 상황에 대한 고려는 제외된다. 아무리 열악한 상황이라도 약속이라면 필히 지켜야 한다고 믿는다.

마지막 단계인 '후인습적 수준'은 도덕성이 최고로 성

숙한 단계다. 이 수준에 도달한 사람은 공동사회의 복지를 위한다. 이들에게는 개인의 자유와 행복추구권이 보장되는 것이 진정한 선이다. 어떠한 규칙과 법도 개인의 자유를 침해하거나 행복을 방해해서는 안 된다. 그들에게 악법은 법이 아니므로 개인의 권리를 위해서 규칙을 바꾸는 것도 허용된다. 물론 이때 개인의 자유와 행복은 보편적 원리에 따른다. 유해한 방식으로 자신의 쾌락만 추구하는 것이 아니다. 전 인류에게 이로운 방향을 따를 때 사회적 약속은 변화할 수 있다. 노예제도가 폐지될 수 있었던 것도 이러한 관점에서 세상을 바꾼 이들이 존재했기 때문이다.

후인습적 수준까지 도달한 사람에게는 도덕적 정답이 없다. 옳고 그름의 기준은 상황에 따라, 또 동시대를 살아가는 사람의 합의에 따라 얼마든지 바뀔 수 있는 상대적 기준이다. 행동의 결과만으로 판단하지 않고 개개인의 삶을 존중하며 융통성 있는 시선으로 이해와 타협을 도모한다. 이들에게 사회적 약속이란 사람을 위한 도구일 뿐 사람을 통제하는 주체가 될 수 없다.

조언과 오지랖 사이를 넘나드는 사람은 어느 수준에 속할까? 인습적 수준에 속할 가능성이 크다. 그들이 가진 옳고 그름의 기준에는 융통성이 없다. 교과서를 읽듯 정해진 정답이 있다고 믿는다. 그 잣대를 들이대면 타인의 행동을 정답으로 처리할지 오답으로 처리할지 결정하는 것이 단순해진다. 그 기준이 옳다는 확신이 있기 때문에 조언을 하면서 자신만만한 것이다.

물론 그들의 메시지는 맞는 말일 경우가 많다. 상식적인 수준에서 해야 하는 것과 해서는 안 되는 것에 대해 우리는 인식하고 있는데, 그들의 조언은 딱 그 기준에 맞기 때문이다. 하지만 우리의 삶은 상식으로만 이루어지지 않는다. '왜 나에게 이런 일이, 어떻게 이런 일이!' 하고 좌절할 만큼 이상한 일도 제법 벌어진다. 상식적이지 않은 세계에서 보편적인 방식으로 살아가기란 여간 어려운 일이 아니다. 그래서 때로는 그른 행위도 이해받지 않는가.

오랜 치매를 앓던 어머니를 살해하고 극단적 선택을 한 아들을 보도한 기사를 보았다. 긴병에 효자 없다며 많은 이들이 안타까워했다. 엄연한 살인인데 왜 안타까운 것일까? 그 삶의 전투가 얼마나 거셌을지 이루 상상할 수도 없기 때문이다. 납치범을 때려죽이는 영화를 보고도 우리는 환호한다. 바람피우는 현장을 목격한 배우자가 상대의 신체 일부를 절단했다는 기사에 통쾌함을 느낀다. 오랜 복역을 마치고 나온 아동 성범죄자를 두들겨 팬 사람을 영웅이라며 칭송한다. 모두 범죄인데 왜 우리는 그들 편에 설까? 도덕성이 얼마나 상대적인지 생각해 볼 만하다.

극단적 예에서만 도드라질 뿐 모든 이의 생이 이와 다를 바 없다. 절대적인 선도 악도 존재하지 않는다. 각자가 처한 상황은 언제나 딜레마이기 때문이다. 이 행동이 옳은지, 저 행동을 피해야 할지 답은 없다. 딜레마 밖에서 행위만 보는 인습적 수준의 사람만이 정답을 뻔하게 한정할 뿐이다.

도덕성이 발달할수록 사람의 마음은 유연해진다. 같은 행위라도 상황에 따라 다르게 바라볼 수 있는 시각이 생긴다. 판단에 융통성을 발휘하게 된다. 난 이런 사람은 절대 용서 못해! 어떻게 저런 행동을 할 수 있어! 이래라저래라 함부로 말할 수 없게 된다. 그러니 확신해서는 안 된다. 상황이 달라지면 선택도 달라지니까. 수많은 변수가 얼기설기 엮여 있으니까. 이게 옳다 저게 옳다 당당히 외쳤던 사람이라도 그 상황에 처하면 어떻게 될지 모른다. 어느 날 내가 받을 심판이 바로 지금 내가 누군가를 논죄하는 말이라 생각하면 아찔해진다.

날선 반응에 예민해질 때

틀 효과와 아이 메시지

친구들을 집으로 초대했다. 그리고 그중 한 명과 대판 싸웠다. 사건의 전말은 이러했다. 다툼이 있기 전날, 한 유명 빵집에 들러 얼려 먹으면 더 맛있다는 빵을 샀다. 빵을 냉동실로 직행시키고 기대감을 품은 채 잠이 들었다. 다음 날, 친구들의 반응이 어떨까 두근대는 마음으로 얼려 놓은 빵과 커피를 꺼냈다. 하지만 한 친구의 입맛에는 맞지 않았던 모양이다. 그는 빵을 내려놓고 이렇게 물었다. "밥 없어?"

친구는 차가운 음식이 넘어가지 않는다며 그만 먹겠다 했고, 그 말을 듣는 순간 얼굴이 붉으락푸르락해지는 것을 느꼈다. 분위기는 싸해졌다. 친구의 반응에 서운했던 나는 계속해서 툴툴거렸다. 결국 친구도 기분이 상했다. 우리는 입이 댓 발 나온 채 소중한 휴일을 날려 버리고 말았다.

돌이켜 보니 이런 일이 처음은 아니었다. 갑작스럽게 집으로 들이닥친 친구와 라면을 먹던 날, "김치 없어?" 친구의 한마디에 나는 기분이 상했다. 그리고 까칠하게 대응했다. 너 나 김치 안 먹는 거 몰라?

그 두 번의 일을 돌이켜 보고 유난히 나를 버럭 하게 만드는 표현이 있다는 걸 알게 되었다. 바로 '그거 없어?'라는 표현이었다. 이 표현은 준비가 부족하다는 뉘앙스를 풍긴다. A, B를 준비했는데 "C 없어?"라는 소리를 들으면 A, B에 대한 내 노력이 평가절하된 기분이 든다. 그럴 의도가 없었다는 걸 알아도 말이다. 차라리 이렇게 말해 주면 안 되나? "혹시 C 있어?"

식사 초대를 받은 손님이 "사모님! 사장님! 혹시 밥 더 있습니까?" 하고 물으면 기분이 좋아진다. 그렇게 맛있었나 생각할 것이다. 하지만 "밥 더 없어요?"라고 물으면 기분이 묘해진다. 밥이 부족하다는 느낌을 지울 수 없다.

말을 건넬 때 어떤 형태로 구조화할 것인지는 대단히 중요한 문제다. 형태에 따라 상대의 태도가 달라지기 때문이다. 내가 건네는 문장의 틀은 상대의 기분, 감정, 태도에 영향을 미칠 수 있다. 이를 '틀 효과'Framing Effect라고 부른다.

똑같은 의도라도 긍정어보다 부정어를 쓰는 데 익숙한 사람이 있다. 물론 악의는 없다. 사실 이런 표현은 습관이다. 그저 그런 말투가 입에 붙어 버린 것이다. 하지만 어떤 표현은 의도와 상관없이 의미가 왜곡되고 상대방을 불쾌하게 만든다. 부정적 표현은 결여로 주의를 이끈다. '이것 해'라는 말보다 '이것 좀 해' '이거나 해'라는 말이, '그것 있어?'라는 말보다 '그것 없어?'라는 말이 그렇다. 그런 표현에 노출된 사람은 자신의 부족함이 지적당했다는 기분에 사로잡힌다. 자연스레 가시를 세우게 된다.

날 선 반응은 빠르고 무의식적으로 일어난다. 감정이 앞서 이성적 판단이 흐려진다. 감정에 매몰되어 메시지의 본질을 놓친다. 그리고 예민하게 반응한다. 소위 '발작 버튼'이 눌리는 것이다. 발작 버튼이 눌린 사람은 공격적으로 돌변한다. 짜증을 내고 화를 내고 상황을 꼬아서 받아들인다. 그런 반응에 상대는 당황한다. 갑작스러운 분노 앞에서 자신을 보호해야겠다고 생각한다. 가드를 올리고 변명을 늘어놓는다. 상대의 변명은 오히려 화를 돋우는 촉매제가 된다. 기어이 싫은 소리를 보태게 만든다. 보탠 말이 상대의 마음에 생채기를 남기면 다친 이의 반격이 시작된다. 결국 두 사람의 감정은 격해지고 의도치 않은 심리적 유혈 사태가 일어난다. 굳이 일어나지 않아도 될 전쟁이다. 먼저 공격한 사람은 없지만 공격당한 사람은 분명히 있는 그런 전쟁.

상대를 자극하는 표현 몇 가지가 있는데, 그중에 제일은 '유 메시지'YOU-Message다. 문장을 '너'로 시작하는 것이다. 너는 왜 늦게 일어나니, 너는 왜 연락이 되지 않니, 너는 언제쯤 방을 치울 거니, 너는 언제쯤 사람이 될래, 너는, 너는, 너는…… 주어가 '너'일 때 그 '너'가 되는 사람은 공격받는 기분에 사로잡히게 된다.

갑작스러운 공격을 받으면 자동적으로 방어 태세에 돌입하는 것이 우리다. 갑자기 날아온 주먹에 팔을 들어 자신을 보호하는 사람처럼 '너' 공격을 당한 사람은 빛의 속도로 자신을 방어한다. 변명을 늘어놓는 것이다. 하지만 말을 꺼낸 사람은 이러쿵저러쿵 핑계만 대는 것을 보고 더더욱 화가 난다. 자신의 의도가 제대로 전달되지 않았다는 생각에 언성을 높인다. 높아진 언성은 또 다른 분노를 불러일으킨다. 악의 없이 시작된 대화는 악의 있는 전쟁으로 발전하고 서로 얻은 것도 없이 등을 돌리게 된다.

우리는 악의가 없으면 그렇게 말해도 되고, 진심만 있

으면 통한다고 믿는다. 하지만 현실은 그리 녹록지 않다. 의도만 가지고 진심이 통하길 바라서는 안 되고, 진심만 가지고 의도가 전달되길 바라서도 안 된다. 메시지는 전달되어야 하고 이를 위해서는 노력이 필요하다. 하고 싶은 말을 상대의 심장에 정확히 꽂는 전략가가 되어야 한다.

감정 소모 없이 효과적으로 진심을 전달할 방법이 있을까? 주어를 바꾸면 된다. 바로 '아이 메시지'I-Message를 사용하는 것이다. 아이 메시지는 '나'로 문장을 시작하는 것이다. '너는'이 아니라 '나는'으로 말을 꺼내면 상대방의 시선이 이동한다. 자신이 아닌 상대를 보게 된다. 그리고 상대의 입장을 바라보는 위치에 자리하게 된다. 이해하는 이의 완장을 차는 것이다. 내 행동이 상대의 마음을 그렇게 만들었구나 생각할 기회를 부여받는다. "당신은 왜 그렇게 돈을 흥청망청 써?"라는 유 메시지를 들은 당신은 흥청망청 돈을 쓴 이유에 대해 변명하고 싶어진다. 나를 보호하고 싶어진다. 어쩌고저쩌고 핑계를 대기 시작한다. 말 꺼낸 사람을 더 열받게 할 뿐이다.

하지만 상대가 이렇게 말했다고 생각해 보자. "나는 요즘 돈이 모이지 않는 것 같아 속상해." 이 문장은 돈을 흥청망청 쓰는 나의 문제가 아니라 돈이 없어서 속상한 화자의 마음에 초점이 맞춰져 있다. 이해의 완장을 찬 나는 상대의 입장을 읽어 주고 위로하는 자의 역할을 자처하게 된다. 모두가 갈구하는 '알아서' 잘하는 사람이 되는 것이다.

물론 아이 메시지가 당장에 효과를 발휘하는 건 아니다. 나에게 아이 메시지를 처음 알려 준 선생님이 있다. 선생님은 나에게 물었다. "너와 갈등이 있는 사람에게 아이 메시지를 쓰면 상대가 어떤 반응을 보일 것 같니?" 나는 교과서적인 답을 했다. "제 마음을 이해해 주고 공감해 주겠죠?" 그런데 선생님의 답변은 반전이었다. "아니야. 욕부터 먹을걸?" 선생님은 자신이 처음 아이 메시지를 남편에게 시도했던 날을 추억했다. 잦은 말다툼에 지친 선생님은 전공자로서 배운 개념을 써먹어 보기로 했다. 그리고 아이 메시지를 실천했다. "여보, 난 요즘 우리가 자주 싸워서 마음이 너무 우울해." 진심 어린 선생님의 호소에 돌아온 남편의 한마디는 이랬다. "연극하냐?"

아이 메시지는 어색하다. 연극하는 것처럼 닭살 돋는다. 안 써 본 사람일수록 더 그렇고 듣는 사람까지도 민망해진다. 겉으로 보기엔 그렇다. 익숙하지 않은 말투에 당황한 상대는 말투가 갑자기 왜 그러냐며 트집을 잡을지도 모른다. 하지만 내면에는 작은 움직임이 인다. 당장 행동의 변화로 이어지진 않아도 그 메시지가 마음에 뿌리를 내린다. 우울했구나, 속상했겠다. 그 마음이 쌓이고 쌓여 변화를 만든다.

　말이라는 게 그렇다. 별생각 없이 던진 표현이 누군가에게는 예민하게 가닿는다. 나에게 '없어?'라는 말이 그러했듯이 말이다. 그런 의도가 아니라며 표현을 고집하고 전쟁을 반복할 필요는 없다. 사소한 말투의 변화로 우리의 삶은 안온해질 것이다.

제때 거절하지 못할 때

문간에 발 들여놓기

우리 동네의 가 볼 만한 곳을 검색하다 한 게시글에 시선을 빼앗겼다. 크라이오테라피, 일명 '냉각 치료'를 홍보하는 글이었다. 급속도로 몸의 온도를 낮춰 노력 없이도 쉽게 살을 뺄 수 있다는 이야기였다. 솔깃한 마음으로 상세 페이지를 살피던 그때, 꽤나 흥미로운 사진이 등장했다. 나와 상당히 닮은 얼굴을 한 여자가 베드에 누워 있는 사진이었다. 오호, 이 여자 나랑 되게 비슷하다. 나도 이 옷 있는데, 머리까지 비슷하잖아. 가만있어 봐. 뭐야! 이거 나잖아?

사진을 찍은 그날이 떠올랐다. 눈썹 문신을 받은 날이었다. 시술을 해 주던 사람이 유난히 친절해 마음에 들던 차였다. 시술이 끝날 무렵 그녀는 주머니에서 작은 봉투 하나를 꺼내 선물이라고 내밀었다. 검은색 마스크였다. 코로나19가 터지기 전이어서 마스크는 생경한 선물이었다. 마스크를 들고 어쩔 줄 몰라 하는 나에게 그녀가 이야기했다. 아주 고급 마스크인데 한번 써 보라고. 마스크를 쓰자 그녀는 스마트폰을 꺼내 허락도 없이 내 얼굴을 찍기 시작했다. 누군가의 스마트폰에 내 사진이 저장된다는 사실이 유쾌하지만은 않았다. 심지어 문신을 막 마쳐 새카만 짱구 눈썹을 한 모습은 더욱더. 하지만 2차 시술이 남아 있었다. 껄끄러운 상황을 만들고 싶진 않았다. 결국 아무 말도 못하고 그 상황을 지켜만 봤다.

집으로 돌아와서도 찝찝한 마음이 떠나지 않아 메시지를 보냈다. "제 사진 어디 올라가는 거 좋아하지 않아요. 홍보용으로 사용하지 말아 주세요." 그러자 그녀는 "예쁘게 시술된 모습인데 자랑해야죠. 너무 예쁘게 잘되었어요. 2차 시술 때 뵐게요"라며 말끝을 흐렸다. 하는 수 없이 "가능하면 올리지 마세요"라는 애매한 답변으로 대화를 마쳤다. 그리고 다음 날 그녀의 인스타그램에 내 사진이 떡하니 올라왔다. 며칠 후에는 카카오스토리에 내 사진이 올라왔다. 사진을 그만 올리라고 연락했다. 그러자 그녀는 이제 더는 올릴 데도 없다며 양해해 달라고 사정했다. 자기가 한 시술 중 가장 잘된 케이스라는 말도 덧붙이면서.

2차 시술이 끝났다. 이상한 사람 같아 더는 얽히지 말자고 다짐했다. 하지만 내 뜻대로 되는 일이 아니었다. 3개월이 지나자 내 사진이 또 올라왔다. 그쯤 되자 짠한 마음이 생길 지경이었다. 손님이 오죽 없으면 과거 사진을 재탕할까. 이 생각으로 단호하게 말하지 못한 게 문제였다. 그녀는 크라이오테라피 업체와 협력을 맺은 후 홍보용 이미지로 내 사진을 보냈던 것이다. 이젠 못 참아! 내용증명을 보내 고소하겠다는 으름장을 놓고 나서야 사건은 일단락되었다.

이 모든 사건의 원흉은 나였다. 처음부터 단호하게 말했어야 했다. 올리지 말, 라, 고. 하지만 그러지 못했다. 내가 거절에 미숙한 사람이기 때문일까? 아니다. 세상에는 거절을 유난히 어려워하는 사람이 존재하는 게 아니다. 거절할 수 없게 만드는 상황이 있을 뿐이다.

미국의 한 마을에 골치 아픈 문제가 생겼다. 차가 하도 쌩쌩 달려서 사고가 자주 발생하는 것이었다. '안전 운전 하세요!'라는 거대한 경고판을 세우려 했지만 쉬운 일이 아니었다. 누구도 자기 집 앞에 그 흉물스러운 표지판을 세우는 걸 허락하지 않았기 때문이다. 그래서 고안해 낸 방법이 있었다. 먼저 집집마다 찾아가 '안전 운전 캠페인'과 관련한 작은 스티커를 건넸다. 그리고 이야기했다. "이 동네에 난폭운전자가 참 많죠? 그래서 캠페인을 진행하려 하는데 차량 뒤에 스티커를 붙이는 운동에 동참해 주실 수 있나요?" 어렵지 않은 부탁이었다. 문제의 심각성을 인지하고 있던 주민 대부분이 이를 수락했다. 2주 뒤 그들을 다시 찾아갔다. "여전히 난폭운전자가 많네요. 혹시 괜찮으시면 집 앞에 안전 운전 표지판을 세워도 될까요?" 그러자 놀라운 일이 벌어졌다. 주민들이 흔쾌히 허락한 것이다. 사람들의 마음에 무슨 변화가 일어났던 것일까?

집 앞에 표지판을 세우겠다는 건 부담스러운 요구다. 거절할 명분이 충분하다. 하지만 스티커 붙이기처럼 작은 부탁은 거절하기가 어렵다. 누구나 좋은 사람으로 보이고 싶은 마음이 있고, 사소한 부탁을 거절하는 것은 그 마음에 반하는 행동이기 때문이다. 그렇다면 처음에는 거절했던 부탁을 이제 와서 수락한 이유는 무엇일까? 일관성 때문이다. 사람은 누구나 한결같은 모습을 보여 주길 원한다. 어제 친절했다면 오늘도 친절하기를, 오늘 웃음을 보였다면 내일도 찡그리지 않기를 바란다. 오늘 부탁을 들어준 나는 내

일 부탁도 들어주는 사람으로 남고 싶어진다.

그러다 보면 난감한 상황에 빠진다. 호의가 계속되면 권리가 된다고, 부탁에 익숙해진 사람은 더 많은 부탁을 하기 마련이니까. 첫 번째 부탁의 수락이 두 번째 부탁을 낳고, 두 번째 부탁의 수락이 세 번째 부탁을 낳고, 네 번째, 다섯 번째…… 눈덩이처럼 불어난 부탁은 감당하기 어려운 수준까지 자라난다. 하지만 이제 와서 거절하기엔 마음 한 구석이 불편하다. 어제와 다른 내가 되는 것 같기 때문이다. 이런 심리를 이용한 설득 기법도 있다. 사소한 부탁으로 상대를 '수락하는 사람'으로 만든 다음 무리한 부탁까지도 거절하지 못하게 만드는 것이다. 이를 '문간에 발 들여놓기'Foot-in-the-door Technique 기법이라고 부른다. 왜 이런 이름이 붙었을까?

픽사의 애니메이션 『업』은 지붕에 풍선을 잔뜩 매달아 여행을 떠나는 꿈을 꾸는 사랑스러운 부부의 이야기로 시작된다. 하지만 두 사람의 머리가 희어질 때까지 꿈은 이루어지지 않고 할머니가 먼저 세상을 떠난다. 슬픔에 빠진 할아버지는 세상을 등진 채 심술쟁이가 되고 만다. 어느 날 귀여운 보이스카우트 소년 러셀이 할아버지의 집 문을 두드린다. 러셀은 이웃인 할아버지를 도와 칭찬 배지를 얻을 심산이었는데, 이를 눈치챈 할아버지는 러셀을 쫓아내려 한다. 하지만 러셀은 할아버지가 문을 닫지 못하도록 문틈에 발을 끼고 도울 일을 말해 달라고 보챈다. 결국 할아버지는 러셀의 소원을 들어준다.

애니메이션의 한 장면처럼 누가 부탁을 하기 위해 찾아왔다고 상상해 보자. 귀찮아서 쫓아내려는 순간, 그가 보이스카우트 소년처럼 문틈에 발을 낀다. 그리고 제 할 말을 하기 시작한다. 이때 그 사람의 발을 짓이기면서까지 문을 닫아 버린다면 너무 냉정해 보일 것이다. 결국 쫓아내지 못하고 이야기를 끝까지 들어주게 된다.

문을 열어 주었다는 건 이미 하나의 부탁을 수락했다는 의미다. 이제 그는 다음 단계인 '할 말 하기'를 시작할 것이다. 이제 부탁을 들어listen 주는 단계를 거쳐, 부탁을 들어do a favor주는 단계로 넘어간다. 그렇게 한 단계 한 단계 내가 해야 할 일이 레벨 업된다. 이 과정이 바로 '문간에 발 들여놓기 기법'이다. 상대의 요구를 내 마음에 한 발 들여 준이상 더는 거절하지 못하고 다음 단계까지 수용해 주는 것.

친구가 자판기 앞에서 주머니를 뒤지다 말한다. "현금이 없는데 오백 원만 빌려줘!" 사소한 부탁에 흔쾌히 지갑을 연다. 다음 날도 지갑을 안 가져온 친구는 점심값 오천

원만 빌려 달라고 한다. 역시 빌려준다. 또 다음 날, 급한 일이 생겼다며 십만 원만 빌려 달라고 한다. 어떻게 될까? 고민하겠지만 결국 빌려준다. 그러자 이번엔 백만 원을 빌려 달라고 한다. 이렇게 염치없을 수가! 결국 돈 좀 그만 빌리라고 화를 낸다. 이 상황에서 나쁜 놈은 누구일까? 아이러니하게도 부탁한 그보다 거절한 내가 나빠 보인다. 백번을 잘해도 한번 잘못하면 나쁘게 보는 것이 인간이니까.

이따금 우리를 거절하지 못하게 만드는 종족을 만난다. 우리는 그 종족 때문에 거절을 거절하게 된다. 그리고 한탄한다. 왜 항상 나는 당하는 걸까? 하지만 특별히 어리석거나 미련해서 당하는 것은 아니다. 어떤 사람이라도 방심하면 당한다. 그러므로 부탁을 받을 때는 경계하는 마음가짐이 필요하다. 상대가 내 마음의 문간에 발을 들여놓으려는 건 아닌지 말이다. 그리고 단계가 점점 진화한다는 생각이 들 때는 거절해야 한다. 거절은 나의 정당한 권리다. 거절했다고 나를 나쁜 사람으로 취급한다면 오히려 그 사람이 나쁜 사람이다. 나쁜 사람에게 구태여 잘 보일 이유는 없다. 좋은 사람에게만 좋은 사람이면 충분하다.

선을 넘는 상대가
불편할 때

퍼스널 스페이스

새로운 관계를 맺는 일은 어렵다. 한 다리 건너 알게 된 인연이라면 더욱더. 이를테면 친구의 친구는 처음 만난 사람보다 더 어렵다. 두 사람이 견고히 쌓아 올린 벽을 넘어야 하는 기분이 든다. 그 안에 들어가려고 애쓰다 붕 떠 버릴 것 같다는 두려움마저 든다.

때는 바야흐로 자아가 성장하기 시작한 중학교 시절, 수원에 살던 친구가 전학을 왔다. 당시 지역을 초월하는 관계 확장의 우정이 유행해서 친구는 수원 친구들을 모조리 우리 동네로 초대했다. 친구의 친구, 역시 나에겐 어려운 과제였다. 억지 미소를 오래 지어 볼에 경련이 일어나기 시작할 즈음 반가운 일이 벌어졌다. 친구의 친구 중에서도 소위 가장 잘나가는 친구가 먼저 손을 내민 것이다. 뒤에 처져 있던 나를 챙겨 팔짱을 끼며 저녁 같이 먹자고 말했다. 그때 그 친구의 팔짱은 정말이지 따뜻했다. 그날의 기억은 뇌리에 박혀 친해지고 싶은 사람에겐 팔짱을 껴야 한다는 일차원적 결론을 내리기에 이르렀다. 그래서 가까워지고 싶은 사람이 생기면 일단 팔짱부터 꼈다(물론 여자에게만). 이렇게 단순한 사회적 기술을 연마한 채 성인이 되었다.

대학 졸업 후 한 회사에 들어갔다. 당시 나의 선임은 멋진 사람이었다. 가까워지고 싶었다. 하지만 극내향인 나는 먼저 말을 걸 수조차 없었다. 중학교 때 나처럼 쭈뼛거릴 뿐이었다. 그러던 어느 날 또 반가운 일이 벌어졌다. 선임이 점심을 같이 먹자고 제안한 것이다. 나는 기쁜 마음으로 그녀를 따르며 살포시 팔짱을 꼈다. 그런데, 어, 이게 아닌데. 팔짱을 끼면 더 가까워져야 하는데. 내 예상과 다르게 느낌이 싸했다. 내가 팔짱을 낀 선임의 팔이 무겁고 딱딱한 통나무처럼 느껴졌다. 그때 선임이 걸음을 멈췄다. 그리고 어색한 미소를 지으며 말했다. "고은, 나는 팔짱 끼는 걸 별로 좋아하지 않아요." 매너 있고 잔인하게. 와! 그 순간의 민망함이란. 그렇게까지 할 필요가 있었을까? 고백하건대 꽤 오랫

동안 이 일을 마음에 담아 두고 혼자 서운해했다. 하지만 선임이 아닌 내가 잘못했다는 걸 깨닫는 데는 그리 오래 걸리지 않았다.

초등학교 시절, 선생님은 굳이 친하지도 않은 남자아이와 짝꿍을 하라고 종용했고 우리는 특별한 이유도 없이 아옹다옹 싸웠다. 책상 중앙에 선을 그어 놓고 넘어오는 건 모두 다 빼앗아 버리겠다며 으름장을 놓기 일쑤였다. 혹시 손이라도 넘어올라치면 자로 잘라 버리겠다는 무시무시한 협박도 서슴지 않았다.

타인이 나의 영역을 침범하면 거부감이 생긴다. 안전이 확보되지 않았다고 느끼기 때문이다. 그래서 적어도 이만큼은, 여기까지는 넘어오지 않았으면 좋겠다며 경계선을 친다. 이 경계선 안의 영역을 '퍼스널 스페이스'Personal Space라고 부른다. 퍼스널 스페이스는 네 개의 범주로 구분된다. 친밀한, 개인적, 사회적, 대중적 거리. 먼저 '친밀한 거리'는 말 그대로 친밀한 사람에게만 허용되는 거리다. 보통 46센티미터 이내의 공간을 말한다. 왜 치약 중에도 '46센티미터'라는 이름의 제품이 있지 않은가. 46센티미터 안에 타인이 들어오면 입 냄새가 노출되기 때문에 붙은 이름이다. 물론 입 냄새가 안 나면 좋겠지만, 혹여나 냄새가 날지라도 이해하고 사랑해 줄 사람이 어디 없나 주위를 둘러보자. 그들이 바로 친밀한 사람이다. 가족 혹은 애인 정도. 그들은 내 친밀한 거리 안으로 침범해도 괜찮다.

두 번째 '개인적 거리'는 1.2미터 이내의 영역이다. 친구, 친한 지인과 공유할 수 있는 정도의 공간. 한번은 친구가 우리 집에서 자게 되었다. 아무 생각 없이 침대로 올라오라고 했는데 친구는 질색하며 바닥에 요를 깔아 달라고 했다. 적당한 이불이 없다고 하자 그럼 소파에서 자겠다고 저항했다. 개인적 거리를 확보해 주지 못한 나의 불찰이었다. 세 번째 '사회적 거리'는 3.6미터 이내를 말한다. 두 사람 사이에 테이블 하나가 놓인 정도의 거리. 처음 만난 사람이나 직장 동료 등 사무적인 관계일 때 부담스럽지 않은 거리다. 이메일로만 업무 내용을 교환하던 사람과 정식으로 만나게 되었을 때 공원 벤치에 나란히 앉으면 참으로 어색할 것이다. 그래서 우리는 카페에서 만난다. 테이블을 사이에 두고.

마지막 '대중적 거리'는 강연장에서 연사와 청중의 거리, 콘서트장에서 연예인과 팬의 거리처럼 닿고 싶지만 닿을 수 없는 일방적 관계에서 형성되는 거리다. 연예인이 행사를 마친 뒤 자신의 차로 이동하는 동안 일시적으로 대중적 거리의 경계선이 무너진다. 이 순간 팬들은 일방적 애정을 참지 못해 그들을 향해 다가가기도 한다.

대략적인 기준은 정해져 있지만 퍼스널 스페이스는 사람마다 다르다. 어떤 사람(이를테면 중학생 신고은)은 피부까지 타인에게 쉽게 허용하는가 하면, 또 다른 사람은 친밀해지기 전까지 곁을 내주지 않을 수도 있다. 이건 지극히 개인적인 것으로 옳고 그름을 따질 수 없는 문제다. 중요한 것은 퍼스널 스페이스가 다를 때 상대방의 거리를 존중해야 한다는 것이다. 퍼스널 스페이스가 넓은 사람에게는 너무 성급하게 다가가지 말 것. 그리고 상대가 다가오지 않는다고 상처받지 말 것. 이 두 가지만 기억하면 된다.

퍼스널 스페이스는 원래 건축학에서 사용되던 용어다. 그러나 심리적 거리와 물리적 거리는 함께 가는 것이다. '가까운 관계'에서 '가깝다'라는 물리적 표현이 심리적으로 해석되는 것처럼 말이다. 따라서 퍼스널 스페이스는 사람과 사람 사이의 심리적 관계에도 충분히 적용해 볼 수 있는 개념이다. 심리적 거리가 가깝다는 것은 친밀한 사이라는 의미이므로, 두 사람이 친밀할수록 허용되는 심리적 퍼스널 스페이스는 가까워진다. 내면의 깊은 곳도 쉽게 공유하게 된다.

그렇다면 심리적 거리가 먼 사람과는 어떨까? 또 두 사람의 심리적 거리가 다르다면? 비공개 SNS 계정에 '맞팔'을 해 달라고 조르는 상사가 있다. 술자리를 가질 때마다 친구 맺기를 해 달라며 꼬장을 부린다. 이런 사람은 정말 피곤하다. 비공개 설정을 했다는 건 자신이 허용하는 사람에게만 나를 오픈하겠다는 의미다. 그리고 그 명단에 '너'는 없다는 의미이기도 하다. 그런데 자꾸 눈치 없이 문을 두드리니 심리적 거리는 더욱 멀어진다. 다가올수록 멀어지는 사이가 된다.

자꾸 '자식 같아서 하는 말인데'라며 잔소리를 늘어놓는 어른(아버지 삼을 생각도 없는데), 우리 사이에 이 정도도 못해 주냐며 무리한 부탁을 하는 사람(대체 우리가 무슨 사인데?), 단체 회의를 메신저로 하자며 밤낮으로 메시지를 보내다 프로필사진 어디냐, 누구랑 다녀온 거냐, 혹시 애인이라도 생겼냐 꼬치꼬치 캐묻는 사람. 전부 심리적으로 선을 넘는 침입자다. 첫날부터 가정 형편과 연봉을 물어보는 소개팅 상대도 벽을 치고 싶은 유의 사람이 분명하다. 아무리 좋은 의도로 다가온대도 모르는 사람이 우리 집 냉장고를 열어 보는 것처럼 불쾌하다.

자신을 지나치게 개방하는 사람도 부담스럽긴 매한가지다. 중요한 면접을 앞두고 대기실에서 앉아 있는데 끊임

없이 말을 거는 사람이 있었다. 자기는 어떤 일을 하고 이번이 몇 번째 지원이고 무슨 준비를 했고 어쩌고저쩌고. 그 사람의 자기소개는 끝날 줄을 몰랐다. 자기소개는 면접 들어가서 하는 게 어떻겠냐고 조심스레 말해 보고 싶었다. 안 물어봤고 안 궁금한 상황에서 지나친 자기 노출은 잘 모르는 사람의 집에 초대받은 것처럼, 아니 초대당한 것처럼 몸과 마음을 불편하게 만든다. 아직 가깝지 않은 사이라면 지나친 사적 대화는 지양하는 것이 좋다. 다행히 퍼스널 스페이스는 영원불변의 영역이 아니다. 함께 보내는 시간이 길어지고 공유하는 추억이 늘어날수록 상대를 허용하는 거리는 가까워진다. 특히 공공의 적이 생기면 두 사람의 거리는 급격히 좁아진다.

팔짱을 거부한 선임은 그 후로도 오랜 시간 나와 거리를 두었다. 하지만 우리 앞에 공공의 적인 '대리님'이 등장하면서 상황이 달라졌다. 우리는 밤낮으로 대리의 험담을 했다. 그러지 않고서는 버틸 수 없었다. 그렇게 우리는 전우애를 쌓았고, 심리적 거리도 급격히 가까워졌다. 물리적 거리 또한 허용하게 된 건 당연한 순서였다. 며칠 지나지 않아 우린 자연스레 팔짱을 끼고 매운 떡볶이를 먹으러 갔다.

돌이켜 보니 그때 나는 참으로 경솔했다. 앞에서 언급

한 수많은 침입자와 다르지 않았다. 친하지도 않은데 팔짱부터 끼다니, 얼마나 당황스러웠을까? 다시 생각해도 귀가 빨개질 것만 같다. 이미 다 지났지만, 아직도 기억할지 모르겠지만 이 글을 빌려 심심한 사과를 전한다. 언니, 그때 너무 빨리 침범해서 미안했어요!

내 잘못이 아닌데도
미안할 때

문전 박대

기나긴 연애를 마치고 부부 생활로 돌입하게 된 언니가 얼토당토않은 말을 꺼냈다. 결혼 선물로 냉장고를 사 달라는 것이었다. 여느 자매가 그러하듯 우리는 다툼과 화해를 반복하는 의좋지 않은 사이였다. 그런데 냉장고는 무슨 냉장고! 당시 나는 시급 3,750원을 받는 한낱 아르바이트생에 불과했다.

　　언니는 혼수를 준비하면서 나를 꼭 곁에 끼고 다녔고, 그럴 때마다 냉장고를 보여 주며 괜찮지 않냐고 물었다. 언니가 고르는 냉장고는 괜찮았다. 그러나 가격은 괜찮지 않았다. 뭔 놈의 고철 덩어리가 그렇게 비싼지 제일 저렴한 것이 이백만 원대, 얼음 정수기라도 달리면 칠백만 원이 훌쩍 넘었다. 그러니 결혼 선물 얘기만 나오면 흥얼거리며 딴청을 피울 수밖에. 결혼식 날짜는 가까워졌고, 나의 딴청은 벼랑 끝까지 몰린 상태였다. 이쯤 되니 '에라 모르겠다! 배 째라!' 싶었다. 그런데 하루는 언니가 나를 자기 방으로 급히 불렀다. 컴퓨터 화면을 가리키며 어떠냐고 묻는데, 가만 보니 웨딩슈즈였다. 언니가 고른 구두는 큐빅이 잔뜩 붙어 흡사 동화 속 공주가 신는 유리 구두를 연상시켰다. 가격은 몇십만 원대. 예쁘다고 하자 언니는 그럼 결혼 선물로 이걸 사 주면 어떻겠느냐 물었다. 이게 웬 떡이냐, 냉장고에서 구두라니. 계 탔다. 언니의 마음이 바뀔세라 급히 카드를 대령했다.

시간이 흐르고 우리는 사이가 좋아졌다. 늘 그렇듯 가족이 사이가 좋아지는 방법은 하나뿐이다. 따로 사는 것. 자녀가 독립해야 효심이 생기고, 형제자매가 딴 집을 얻어야 우애가 깊어지고, 부부가 각방을…… 여기까지. 아무튼 그렇게 관계가 좋아진 시기에 내가 물었다. 그때 왜 나에게, 도대체 왜 나에게 냉장고를 사 달라고 했느냐고, 정녕 그것을 원한 것이냐고! 그러자 언니는 대답했다. 그래도 동생에겐 의미 있는 선물을 받고 싶었는데, 그게 세상에 하나뿐인

웨딩슈즈였다. 하지만 사이가 워낙 좋지 않았으니 그것마 저 안 사 줄 게 뻔했다. 그래서 밑밥을 좀 깔아 봤다. 아, 당 했구나.

인간은 불편한 마음을 차마 견디지 못하는 존재다. 우 리는 다양한 상황에서 불편함을 느끼는데, 불편한 마음 중 제일은 빚진 마음이다. 받은 만큼 돌려줘야 한다는 의무감 에서 벗어나기란 도무지 쉽지 않다. 빚진 마음은 누군가에 게 갚아야 하는 무언가가 있을 때 생긴다. 그런데 아이러니 하게도 요구한 적 없이 빚을 지는 상황이 벌어지기도 한다. 달라고 한 것도 아니고 딱히 원한 것도 아닌데 호의를 받게 되는 경우가 그렇다. 이런 경우에도 우리는 되갚음의 의무 를 부여받는다. 불편한 선배가 밥을 산다. 메뉴도 기가 막히 게 내가 싫어하는 것으로 골랐다. 원치 않는 호의를 받은 것 이다. 그럼에도 '정상적인' 마음을 가진 사람이라면 후식은 자기가 산다고 한다. 빚진 마음을 털고 싶기 때문이다.

빚진 마음이 우리를 가장 무겁게 하는 상황은 언제일 까? 바로 거절해야 하는 상황이다. 우리는 합리적이든 아니 든, 심지어 상대가 나에게 중요하든 아니든 부탁은 들어주 는 것이 마땅하다고 생각한다. 그래서 부탁을 거절하는 순 간 부채감을 느낀다.

고층아파트에 사는 누군가의 집 초인종이 울렸다. "누구세요?" 하고 월패드를 켜 보니 낯선 사람이 인상을 쓴 채 문 앞에 서 있었다. 집주인은 두려워하며 누구냐고 물었다. 그러자 낯선 사람은 화장실이 급해서 그렇다며 제발 문 좀 열어 달라고 애원했다. 집주인은 문득 의심이 들었다. 우리 집은 10층인데 굳이 왜 여기까지 올라왔죠? 그러자 그가 대답했다. 1층부터 아무도 열어 주지 않았어요.

우스갯소리로 돌아다니는 이야기지만 한편으로는 찝찝하다. 나라면 어땠을까? 물론 문을 열어 주지 않았을 것이다. 하지만 계속해서 생각날 것이다. 그는 결국 어떻게 되었을까? 좋은 사람을 만나 화장실에 갔을까? 아니면 혹시 바지에…… 미안한 마음에 내내 신경 쓰이지 않았을까? 누군가를 문 앞에서 거절하는 것은 이토록 힘든 일이다.

애니메이션 『겨울왕국』에는 손에 닿는 모든 것을 얼려 버리는 얼음 공주 엘사가 등장한다. 엘사는 자신의 능력으로 동생 안나를 즐겁게 해 주고 싶었지만, 자신이 만든 얼음 때문에 안나가 자꾸 넘어지고 다치는 바람에 마음의 문을 닫는다. "같이 눈사람 만들래?"라며 안나가 같이 놀자고 문을 두드릴 때마다 매정한 소리를 하며 문을 쾅 닫아 버린다. 그러나 언니는 문전 박대당한 동생의 슬픔을 알기에 자신이 닫은 문에 기대어 매일 밤 흐느낀다. 엘사는 언젠가 안나를 행복하게 해 주겠노라고 다짐한다.

애원을 거절하면 미안한 마음이 든다. 누구나 가지는 보편적 마음이다. 그래서 만회할 기회를 은연중에 기다린다. 그리고 기회가 찾아오면 거절하지 않는다. 혹은 환대하기까지 한다. 그래! 이 정도는 내가 들어줄 수 있지, 도와줄 기회를 줘서 고마워!

이와 같은 인간의 심리를 이용하여 원하는 바를 이루는 설득 기술이 있는데 바로 '면전에서 문 닫기' 혹은 '문전박대'Door-in-the-face Technique 기법이다. 방법은 이렇다. 먼저 (바라지도 않는) 무리한 부탁을 한다. 냉장고를 사 달라는 나의 언니처럼. 그러면 상대방은 어쩔 수 없이 거절한다. 이때 거절한 상대의 마음은 마치 동생의 면전에서 문을 쾅 닫은 엘사처럼 미안함으로 가득 찬다. 그때 진짜 자신의 목적이었던 부탁을 한다. 냉장고가 어렵다면 웨딩슈즈를 사 주는 건 어떻겠니? 마치 만회할 기회를 주는 것처럼 말이다. 상대는 부채감을 해소하기 위해 다음에 따르는 작은 부탁을 기꺼이 들어준다. 처음부터 요구했다면 들어주지 않았을 부탁까지 말이다.

강의에서 이 기법을 가르치면 학생들은 대단히 반가

워한다. 자신이 알게 모르게 이 기법을 사용하고 있었다며 뿌듯해한다. 언제 그랬냐고 물으면 대답은 대략 이렇다. 삼십만 원짜리 점퍼가 갖고 싶은 상황이다.

엄마, 친구들은 다 백만 원짜리 패딩 입고 다녀.

하이고, 돈이 어디서 나서 다들 그렇게 비싼 옷을 사 입는대.

나도 하나 사 주면 안 돼?

그 돈이면 우리 한 달 생활비야! 돈이 어딨어. 안 돼!

쳇! 엄마 미워!

(며칠 후)

엄마, 나 패딩……

돈 없어!

아니, 그럼 삼십만 원짜리라도 사 주면 안 돼?

……

엄마아아~

알았어.

자신의 경험을 영웅담처럼 자랑하는 학생에게 "나쁜 녀석!"이라고 잔소리를 했다. 엄마는 너희 부탁을 거절하고 꽤 오랫동안 자신의 무능함에 괴로워하고 가정의 부족함을 안타까워하며 더 잘해 주지 못함에 미안해했을 거라고. 철 좀 들자! 이야기하면 그제야 고개를 끄덕인다.

비단 학생들의 이야기만이 아니다. 터무니없이 비싼 옷으로 당황하게 만든 뒤 저렴한 옷이라도 사게 하는 옷가게 직원, 무리한 일에 실패하는 모습을 본 뒤 호의를 베풀 듯 잡일을 시키는 상사, 받는 데만 익숙해 늘 요구하면서 도통 베풀 줄 모르는 친구. 모두 문전 박대 기법으로 우리를 이용한다.

문전 박대 기법을 머리로는 알면서 써먹지 못하는 나는 머리로는 모르면서 써먹는 사람에게 당할 때가 많다. 타인의 마음을 조종하는 능력은 타고나는 것처럼 보인다. 배운다고 스킬이 눈에 띄게 느는 것도, 배우지 않는다고 스킬을 못 쓰는 것도 아니다. 당했다는 느낌이 들 때마다 심리학 공부 헛했다고 한탄한다. 그렇다고 심리학을 포기할 수는 없다. 그나마 경계라도 할 수 있어야 하니까.

전엔 모르고 당했다면 이제 그러지 않는다는 것에 의의를 둔다. 누가 나의 심리를 이용하는지 알고 정신을 똑바로 차리도록. 거절하는 것에 죄책감을 느끼지 않도록! 큰 부탁이든 작은 부탁이든 반드시 들어줘야 할 의무는 없다는 걸 이제는 안다.

부탁은 내 마음이 진심일 때만 들어주자. 거절하고 싶을 땐 거절하자. 그것을 이해해 주는 사람이라야 진정한 내 사람이다. 한정된 나의 에너지를 내 사람도 아닌 이에게 낭비하지 말자.

편견에 치일 때

학원 알바를 뛰던 어느 날이었다. 점심시간부터 처지던 컨디션은 나아질 줄 몰랐고 온몸이 으슬으슬 떨리기 시작했다. 현재 시각은 6시, 퇴근은 8시. 남은 수업은 없었지만 퇴근 시간을 지키겠다는 의무감으로 책상에 엎드려 있었다. 그러던 중 복도를 지나던 실장이 하얗게 질린 내 얼굴을 보고 당장 집으로 가라고 등을 떠밀었다.

늘 8시가 넘어서야 퇴근하던 나였기에 퇴근 시간의 만원 버스는 낯설었다. 북적거리는 사람들 사이를 파고들려니 아픈 몸이 더 괴로웠다. 그러던 찰나 기적처럼 내 앞에 앉아 있던 승객이 벨을 눌렀다. 오 주님, 감사합니다. 겨우 엉덩이를 들이밀고 자리에 앉았다. 뇌를 흔드는 두통을 식히기 위해 차가운 창문에 이마를 기댔다. 그 순간 수군거리는 소리가 내 귀에 깊게 꽂혔다.

야, 진짜 개념 없지 않냐. 난 진짜 저런 애들 못 보겠더라. 한마디 할까?

누군가 화가 많이 난 것 같았고 어쩐지 뒤통수가 따가웠다. 실눈을 뜨고 보니 내 앞에 오십대로 보이는 여자가 서 있었고, 그 옆에 젊은 여자 둘이 나를 노려보고 있었다. 눈앞에 어른을 떡하니 세워 두고도 일어나지 않는 나에게 화가 난 모양이었다.

고개를 돌려 내가 노약자석에 앉았는지 먼저 확인했다. 아니었다. 내 앞에 서 있는 사람이 약자인지도 확인했다. 소리 내어 껌을 짝짝 씹으며 짝다리를 짚고 휴대폰을 두드리는 아주머니는 제법 건강해 보였다. 나는 한시름 놓고 다시 잠을 청했다. 하지만 그들의 분노는 멈출 줄 몰랐다.

야야, 저거 자는 척하는 거 봐. 우리 말 안 들리나? 야, 야, 들리지? 못 들은 척하냐?

심판자의 목소리는 끊임없이 나를 괴롭혔다. 몸은 몸대로 아프고 풀은 풀대로 죽었다. 그렇다고 이 밀도 높은 공간에 서서 버텨 낼 상태도 아니었다. 시간은 더디게 흘러갔고 집 앞 정류장에 도착해서야 지옥을 벗어날 수 있었다. 하지만 여기서 끝난 것이 아니었다. 등을 돌려 버스를 쳐다봤다. 심판자와 눈이 마주쳤고, 그녀는 나를 향해 가운뎃손가락을 치켜들었다. 그날의 잔상은 아직도 심장을 벌렁거리게 한다.

노약자에게 자리를 양보하는 것은 마땅한 도리다. 하지만 노약자를 정의할 자격이 누구에게 있을까? 노약자의 노老는 눈으로 보고 알아챌 수 있지만 약弱은 쉽게 판단할 수 없다. 건강한 칠십대 노인보다 병든 이십대 청년이 더 약할 수도 있는 법이다. 그런데 왜 그들은 나를 공개 처형하려 했을까? '휴리스틱'Heuristics 때문이 아닐까?

우리는 때때로 직관적인 판단을 한다. 모든 상황에서 이성적일 필요는 없기 때문이다. 이를테면 저녁 메뉴를 결정하기 위해 떡볶이의 칼로리, 피자의 영양 성분을 비교할 필요는 없다. 음식의 궁합, 효능과 부작용을 검색하고 재료의 원산지를 따지며 살기엔 당장에 처리할 중요한 일이 너무 많다. 그래서 그다지 중요하지 않은 결정은 대충 때려 맞힌다. 떡볶이 먹으면 스트레스 풀리겠지, 피자 맛있겠지. 곰곰이 생각하지 않고 어림짐작하는 것이다. 이런 직관적 사고방식이 휴리스틱이다.

휴리스틱은 중요하지 않은 일에 쓸데없이 에너지를 소진하지 않도록, 시간을 낭비하지 않도록 돕는다. 제한된 인지적 자원을 필요한 곳에만 사용하도록 아끼는 일에 동참한다. 사고의 에너지 절약 캠페인을 실천하는 것이다.

휴리스틱의 종류는 다양한데, 그중 '대표성 휴리스틱'Representativeness Heuristic이란 원형과 관련하여 어림짐작하는 사고방식이다. 원형이란 특정 대상에 대해 우리가 기대하는 전형적 모습이다. '바나나는 노란색이다' '머리가 긴 사람은 여자다' 같은 전제가 원형에 해당한다고 보면 된다.

빨간 고추장이 범벅된 하얗고 쫄깃쫄깃한 원통형 음식을 우리는 떡볶이라 부른다. 이런 형상을 마주했을 때 정체를 고민하며 냄새를 맡아 보고 성분을 분석하는 사람은 없다. 빠르게 입으로 넣어도 무방하다. 우리가 기대한 전형적인 모습일 때 우리는 고민하지 않는다. 직관적으로 판단하고 결정하고 행동한다. 하지만 기름에 튀긴 떡을 간장에 볶은 갈색의 음식을 보면 우리는 혼란을 느낀다. 이 음식은 무엇인지 고민하게 된다. 맛이 상상되지 않아 거부감도 든다. 어느 지역에서 유행하는 신메뉴인 '기름떡볶이'라는 정보를 전달받고 나서야 마음의 문과 함께 입도 열린다. 원형에서 벗어나면 더 신중하게 판단하고 행동하게 된다.

　머리가 센 사람을 노인으로 보고 배가 나온 여자를 임신부라 생각하는 건 대표성 휴리스틱의 전형적인 예다. 줄이 긴 식당은 맛집으로 인정하고 자주 눈에 띄는 책은 베스트셀러라고 믿는 것도 마찬가지다. 증거를 찾지 않아도 어림짐작으로 맞힐 수 있다. 모두가 전형적인 모습이기 때문이다. 하지만 대표성 휴리스틱은 오류를 동반한다. 흰머리인 사람의 짐을 대신 들어 주려다 탈색한 젊은이여서 놀랄 수도 있고, 임신 축하 인사에 살찐 거라는 답변이 돌아오면 피차 민망해진다. 긴 생머리가 매력적인 여자의 뒷모습에 반해 따라갔는데 정작 돌아본 이가 남자 록 가수라면? (하지만 로커는 긴 머리라는 것 또한 원형이다.) 줄이 긴 식당은 아르바이트를 동원한 사기 행각일 수 있고, 눈에 자주 띈 책은 출판사에서 전략적으로 진행한 서평단의 리뷰 대향연일지도 모른다. 이뿐인가! 점심시간에 반찬으로 나온 빨간 튀김을 보고 '아싸! 닭강정!' 하고 한입 물었는데 매운 코다리강정이라면…… 이만한 대참사는 또 없을 것이다.

　드라마 『슬기로운 감빵생활』에서 봤던 한 장면이 떠오른다. 한 할머니가 양손 가득 반찬 보따리를 들고 택시에 탄다. 목적지는 교도소다. 택시 기사는 왜 할머니가 그런 데를 가시느냐고 묻는다. 할머니는 우리 아들 밥 먹으러 간다고 대답한다. 교도소에 도착하고 할머니가 주머닛돈을 꺼내 택시비를 지불하려 하자 기사는 극구 돈 받기를 사양한다. 영치금이나 더 넣어 주라며 부리나케 가 버린다. 어리둥절한 할머니는 택시에서 내려 교도소로 들어간다. 그리고 직원에게 우리 아들 좀 불러 달라고 한다. 직원은 쌀쌀맞은 목소리로 대응한다. 여기는 아무 때나 아드님을 만날 수 있는 곳이 아니라고, 절차에 맞춰 접견 신청을 하라고. 두 사람은 한참 동안 실랑이를 벌인다. 그런데 뒤에서 한 교도관이 나와 할머니를 보고 외친다. "엄마! 여긴 왜 왔어!" 교도소에 도시락을 바리바리 싸 들고 온 할머니를 당연히 죄수의 가족이라고 믿어 버린 건 대표성 휴리스틱이 낳은 유쾌한 해프닝이었다.

　　노약자란 늙'거나' 약한 사람이다. 늙'고' 약한 사람이 아니다. 늙지 않아도 약하면 노약자가 될 수 있으므로 젊은 여자도, 직장인도 노약자가 될 수 있다. 하지만 사람들은 잘못된 노약자의 원형을 가지고 있다. 겉으로 보기에 현저히 늙고 병약한 모습을 한 사람만이 노약자라고 믿는다. 버스 안 심판자를 자청한 이도 마찬가지였을 것이다. 그녀가 가진 노약자의 원형에서 퇴근 시간에 버스를 탄 젊은 여자는 배제되었을 것이다. 그 눈에 비친 나는 '노'도 '약'도 아닌 그저 '자'였을 뿐이다. 양보해도 되는, 아니 전형적으로 양보해야 하는 사람. 그래서 나의 입장을 고려하지 않은 채 비난의 화살을 날릴 수 있었던 것이다.

휴리스틱은 인간의 마음을 편리하게 해 준다. 노력하지 않아도 될 일에 쉼을 허락하고, 시간이 부족한 순간에 빠른 결정을 유도한다. 잘 쓰면 유익한 사고방식이다. 하지만 뭐든지 과하면 탈이 나기 마련, 절대 쓰면 안 되는 상황이 있다. 그건 바로 사람을 대할 때다. 잘못된 휴리스틱의 사용으로 상처를 받는 이들이 많다. 아픈 와중에 욕까지 먹어야 했던 나처럼 말이다.

드라마 『슬기로운 의사생활』에도 휴리스틱의 폐해를 보여 주는 에피소드가 나온다. 한 여자 환자가 심각한 질병으로 입원한다. 수술하면 살 수 있지만 이를 거부해 모두가 난감해한다. 그녀의 사정은 이랬다. 몇 해 전 남편에게 장기 이식을 받은 위치에 암이 생겼다. 그런데 그 남편이 얼마 전 바람을 피우다 걸린 것이다. 여자는 그 XX가 준 장기를 고쳐 살면 뭐 하냐며 고집을 부린다.

이때 인간미 넘치는 의사 익준이 출동한다. 다정한 말투로 수술하자고 환자를 달랜다. 그러자 여자는 익준을 비난하기 시작한다. 당신처럼 잘난 의사 양반이 뭘 아느냐고, 행복하게 걱정 없이 살아온 사람이 내 마음을 이해하느냐고, 남편에게 버림받은 인생을 누가 아느냐고. 그때 익준이 고백한다. 자신은 이혼한 아내가 다른 남자를 만나고 있었다는 사실을 얼마 전에야 알았다고. 소위 '사' 자 들어간 직업을 가진 이들을 상상하면 그려지는 이미지가 있다. 번듯하고 여유롭고 행복한 삶을 살 거라는 원형. 병약한 환자와는 다를 것이라는 착각. 그런 마음이 드라마 속 환자로 하여금 모난 마음을 갖게 한 것이다.

　다른 사람의 삶을 어림짐작하고 함부로 판단한 적은 없는지 생각해 본다. 세상에 불행한 건 나뿐이고 다들 행복한 삶을 산다고, 그렇게 타인의 삶을 함부로 판단하진 않았을까? 그래서 너는 더 양보하고 나는 더 받아야 하는데 왜 그렇게 해 주지 않느냐고 으르렁거리진 않았을까? 내 마음대로 세상을 불평등한 곳으로 만들고, 스스로를 불행한 사람이라 낙인찍으며 피해의식에 사로잡히진 않았을까? 치열한 전쟁을 치르며 살아가는 이들의 삶을 가벼이 치부하고 있다는 것도 모르는 채 말이다.

　사람에 대한 원형을 가지면 오류가 딸려 온다. 전형적인 사람이란 존재하지 않기 때문이다. 우리 한 사람 한 사람은 특별하고 특별한 존재다. 그러니 사람만큼은 어림짐작하지 말자. 때려 맞히려 하지도 말자. 누군가를 때려 맞히다 진짜로 누군가의 마음을 때리고 내가 도리어 맞는 날이 올지도 모른다.

첫인상에서 벗어나기
어려울 때

띠링. 꼭두새벽, 휴대전화 알림음 소리에 잠에서 깼다. 얼마 전 올라간 인터뷰 영상에 댓글이 달린 것이었다. 알림음 소리에 이끌려 마주한 광경은 당황을 넘어 당혹스러웠다. 댓글 창에서 내가 하지도 않은 이야기에 기분이 나쁘다며 열을 올리는 사람들과 오해를 바로잡으려는 사람들이 들리지 않는 언성을 높이며 싸우고 있었다.

영상을 아무리 되돌려 봐도 그런 말을 한 적이 없었다. 도대체 어디서부터 저런 오해가 시작된 것인지 이해되지 않았다. 그러다 문득 영상의 섬네일이 눈에 띄었다. 인터뷰 중 캡처된 나의 얼굴과 업체에서 정한 인터뷰의 제목. 순간

포착된 나의 표정이 민망하여 자세히 보지 않았는데 지금 보니 그 제목이 사건의 시초였다.

섬네일에 이런 제목이 버젓이 쓰여 있었다. '착한 사람은 매력이 없다, 좀 더 솔직하게 소통하라.' 세상에. 착한 사람은 매력이 없다니. 내가 봐도 황당한 제목이었다. 내가 전한 내용은 그저 타인을 많이 의식하는 사람을 격려하는 메시지였을 뿐이다. 하지만 그 내용이 '네가 남을 의식하는 건 착해서인데, 그거 매력 없어'로 왜곡되어 버렸다. 자신을 착한 사람이라고 믿어 왔던 이들은 신념과 삶의 태도가 절하당한 기분을 느꼈을 것이다. 그리하여 가시 돋힌 악플이란 무기를 들고 참전 용사가 된 것이다. 인터뷰 내용의 본질은 제목과 전혀 달랐다. 대부분의 사람들이 이를 파악하고 있었다. 그럼에도 불구하고 일부 상처받은 사람들의 마음속에 무슨 일이 일어난 것이 분명했다.

첫인상이 중요하다는 말을 한 번쯤 들어 봤을 것이다. 처음 형성된 인상이 그 사람의 나중 모습을 평가하는 데 제법 큰 역할을 하기 때문이다. 미국 심리학자 솔로몬 애슈는 실험을 통해 첫인상이 얼마나 중요한지 밝혔다. 그는 사람들을 모아 두 그룹으로 나눈 후 익명의 캐릭터에 대해 설명했다. 첫 번째 그룹에게는 익명의 캐릭터가 지적이고, 근면하고, 충동적이고, 비판적이고, 고집이 세고, 질투심이 많은 사람이라고 소개했고, 두 번째 그룹에게는 그 사람이 질투심이 많고, 고집이 세고, 비판적이고, 충동적이고, 근면하고, 지적이라고 설명했다. 그리고 두 그룹 모두에게 익명의 캐릭터가 어떤 사람일 것 같은지 느낌을 물었다.

두 그룹의 차이는 바로 설명 순서였다. 어느 특성을 먼저 설명하느냐만 다를 뿐 언급된 내용은 같았다. 그러나 사람들의 반응은 확연히 구분되었다. 첫 번째 그룹은 익명의 캐릭터를 좋은 사람으로, 두 번째 그룹은 나쁜 사람으로 평가했던 것이다. 첫 번째 그룹은 지적이고 근면하다는 이야기를 먼저 들었다. 그 순간 캐릭터에 대한 이미지가 고정되었다. 깔끔한 옷을 입고 안경을 쓰고 성실한 자세로 일하는 세련된 모습으로. 그 뒤의 내용은 자연스레 첫인상을 뒷받침해 주는 근거가 되었다. 지적이고 근면한 이 사람은 모든 일에 도전적이고(충동), 옳고 그름이 명확하며(비판), 자기주장이 뚜렷하고(고집), 경쟁력이 있을 것이라고(질투) 재해석한 것이다. 반면에 두 번째 그룹은 질투심 많고 고집이 센 모습을 먼저 만났다. 삐죽대는 표정으로 남을 시샘하고 귀를 막고 소통하지 않는 스크루지 영감 같은 첫 이미지가 뒤따라오는 특성도 달리 해석하도록 만들었을 것이다. 타인의 의견에 꼬투리나 잡고(비판), 참을성이 없으며(충동), 지루하고(근면), 인간미 없는(지적) 사람이라고 말이다.

첫인상이 가진 힘은 어마어마하다. 아무리 색다른 모습을 보여 준다 해도 처음 고정된 이미지가 그 모습을 재해석할 것이기 때문이다. 이를 심리학에서는 '초두효과'Primacy Effect라고 부른다. 처음 접하는 정보는 뒤따르는 정보를 판단하는 데 유리하게, 하지만 뒤틀리게 사용된다. 그 대표적인 예가 바로 기사 제목이다. 드라마 『멜로가 체질』에 재미있는 에피소드가 나온다. 엉뚱하지만 자기 일을 확실히 해내는 매력적인 PD 손범수가 인터뷰하는 장면이다. 기자는 그에게 난민에 대한 입장을 묻는다. 범수는 질문을 듣고 고민하며 '난민은 나쁘다?'라고 혼자 반문해 본다. 그 후에 정리된 입장을 신중히 밝힌다. 얼마 후 인터뷰 내용이 실린 잡지를 본 범수는 까무러치게 놀라고 만다. 대서특필된 기사 제목이 '손범수, 난민은 나쁘다!'였기 때문이다. 이 장면을 보고 나는 얼마나 크게 웃었던가. 몇 개월 후 이런 일이 나에게 일어날 줄도 모르고.

바쁘디바쁜 현대사회를 사는 우리는 길고 친절한 정보보다 짧고 임팩트 있는 정보를 선호한다. 정보를 제공하는 사람은 수많은 정보 가운데서 자신의 정보가 사람들에게 전달되기를 바란다. 이때 사람들의 이목을 집중시키려면 자극적이고 공분을 살 만한 한 방이 필요하다. 안타깝게도 이 과정에서 희생자가 탄생한다. 새드 버스데이 투 유.

그 갓난 희생자 중 하나가 바로 나였다. 자극적인 제목은 사람들이 영상을 클릭하도록 유혹했다. 동시에 나에 대한 인상을 형성했다. 그리고 새롭게 형성된 나의 인상은 내가 하는 모든 말을 왜곡했다. 사람들을 격려하려던 메시지는 비하의 메시지로 둔갑했다. 나는 한순간에 착한 사람을 비하하는 잔혹한 심리학자가 되었다.

정보가 다양하다 못해 넘쳐 나는 세상이다. 그 정보 하나하나가 깨알같이 소중하다. 하지만 이를 세세히 들여다보는 이는 점점 줄고 있다. 깨알들은 도드라진 헤드라인 하나로 왜곡된다. 사람들은 그 짧은 메시지 하나로 모든 정보를 파악한 듯 화를 내고 상처받지 않겠다며 상처를 준다. 싸움에 불을 지핀 사람은 따로 있는데 애먼 사람들이 서로를 향해 으르렁거리는 격이다.

첫 정보에 속아서 냅다 비난해서는 안 된다. 남의 일이니까 쉽게 판단하고는 '아니면 말고' 할 일이 아니다. 드라마를 보며 낄낄대던 내가 곧바로 당한 것처럼 당신이라고 피해 간다는 법은 없다. 부디 첫눈에 속지 말자.

나 혼자만 노력할 때

사회적 태만

인복 없기로 둘째가라면 서러운 사람이 있으니, 바로 나다. 대학 생활 4년 내내 할 수만 있다면 조별 모임 없는 수업만 골라 들었다. 만나는 사람마다 이상할 테니까. 그럼에도 불가피했던 필수 조별 수업은 언제나 엉망이었다. 그중 레전드는 바로 '여성과 사회'라는 교양수업이었다. 이 수업은 시험 없이 발표만으로 평가했다. 조별 모임의 비중이 상당히 컸던 것이다. 우리 조의 인원은 여섯 명, 그중 모임에 적극적으로 참여하는 사람은 약간 이상한 느낌을 주는 여학생과 나뿐이었다. 나머지는 휴대폰만 만지작대거나 종이에 낙서를 끄적거리며 시간을 때웠고, 혹여나 질문이라도 할

라치면 음, 오, 아, 예 이상의 답은 하지 않았다. 개강하고 한 달 정도 지났을 무렵 '음오아예' 조 가운데 두 명은 군대를 갔고, 한 명은 취업을 했으며, 한 명은 수강을 포기했다. 남은 건 이상한 느낌의 여학생과 나뿐이었다. 상황이 심각하다고 판단한 나는 교수에게 조를 바꿔 달라고 요청했지만 보기 좋게 거절당했다.

이제는 어쩔 수 없었다. 둘이 해야 했다. 발표 불안이 심했던 내가 모든 자료조사와 발표 자료 작성을 맡기로 하고 그 여학생은 발표를 맡기로 했다. 발표 전날 밤 그 여학생에게 문자를 보냈다. '발표 준비는 잘 마쳤죠?' 답이 없었다. 전화도 받지 않았다. 다음 날 아침에도 휴대폰은 잠잠했다. 시간 맞춰 오겠거니 했던 기대도 얼마 지나지 않아 물거품이 되었다. 여학생은 우리 조 발표 순서가 되도록 코빼기도 내비치지 않았다. 약간 이상하다는 느낌은 괜한 촉이 아니었다. 결국 아무것도 하지 못한 채 수업이 끝났다. 나는 패닉 상태에 빠졌다. 빈 강의실에 남아 한 학기를 돌아보는데 웃음과 눈물이 함께 났다.

그때 그 여학생이 나타났다. 한 손에 음료수 '솔의 눈'을 들고. 그리고 내뱉은 한마디. "어디서 타는 냄새 안 나요?" 뭐? 무슨 드라마 찍니. 황당해 말문이 막힌 나에게 여학생이 말했다. 그것도 웃으면서. 어젯밤 갑자기 집에 불이 났고, 온 집 안에 탄내가 배어 자기 옷에서도 냄새가 나는 것 같다고. 분명 웃고 있었다. 그러더니 대체 왜 울고 있느냐고 물었다. 연락이 안 되어서 발표를 못 했다고 하니, 별것도 아닌 일로 운다고 나를 예민한 사람 취급했다. 네? 그러니까 지금 제가 이상한 거죠?

협력이 필요한 일을 하다 보면 황당한 상황이 비일비재하게 벌어진다(물론 발표자의 집에 불이 나는 경우는 드물지만). 자기 몫을 제대로 하지 않아 남을 곤란하게 만드는 건 물론, 그럴 수도 있지 않느냐며 뻔뻔한 태도를 보이는 이들이 놀라우리만치 많다. 이런 현상을 심리학에서는 '사회적 태만'Social Loafing이라 부른다. 사회적 태만이란 여럿이 모여 공동의 목표를 이루려 할 때 각자가 자신의 몫에 최선을 다하지 않는 현상을 말한다. 이를테면 조별 모임에서 누가 알아서 하겠지, 어떻게든 되겠지 하는 마음으로 자기 역할을 미루는 것이다.

사회적 태만이 일어나는 이유는 단순하다. 책임감 분산. 공동의 목표가 있을 때 책임감은 참여자 모두에게 분산된다. 그런데 어떤 사람은, 아니 꽤나 많은 사람이 자신의 책임마저 타인에게 떠넘긴다. 내가 하지 않아도 누군가가 해낼 것이고, 그러면 결국 완성될 거라는 믿음(?) 때문이다. 이 순간 사람들에겐 타인에 대한 신뢰가 넘쳐 난다. 내가 자료를 미흡하게 조사해도 누군가가 부족함을 채울 것이다. 내가 발표에 늦어도 누군가가 그 자리에 설 것이다. 더 급한 사람이, 더 간절한 사람이 해내고야 말 것이다. 나는 당신을 믿는다. 그렇게 자신의 몫을 미루다 보면 놀랍게도 그 일은 해결되어 있다. 이런 경험을 한 사람은 더욱 근거 없는 이기적 긍정성으로 일을 남에게 미루는 데 익숙해진다.

　　1964년 뉴욕주 퀸스의 주택가에서 키티 제노비스라는 여인이 끔찍한 일을 당했다. 제노비스는 30여 분 동안 살인범에게 쫓기며 수차례 칼에 찔려 결국 사망했다. 이 사건이 엄청난 이슈가 된 까닭은 '30여 분'이라는 시간 때문이었다. 사건은 사람들이 모여 사는 주택가에서 발생했다. 이곳에서 여자는 오랜 시간 동안 도와 달라고 소리쳤다. 하지만 아무도 도와주지 않았다. 그 길다면 긴 시간 동안 말이다. 이를 두고 심리학자들은 사람들의 책임감 분산이 얼마나 참담한 결과를 초래하는지 경고했다.

　　물론 시간이 지난 후 이 사건은 과장된 것으로 밝혀졌다. 신고 전화를 한 목격자도 있었고, 살인범에게 멈추라고 고함친 사람도 있었다. 하지만 그 소수를 제외한 나머지 사람들이 적극적으로 돕지 않았다는 건 부인할 수 없는 사실이었다. 수많은 목격자가 누군가 신고했겠지, 누군가는 도와주겠지 하는 마음으로 방관자적 태도를 보였으리라. 그래서 이를 '방관자 효과'Bystander Effect라고 부르기도 한다.

문젯거리는 곳곳에 도사리며 해결사를 기다린다. 해결은 우리 모두의 몫이지만 굳이 나서서 애쓰지 않는다. 뒤에서 욕하고 세상을 탓하며 알아서 해결되기를 기다린다. 그리고 시간이 지나면 거짓말처럼 해결되는 경험을 맛본다. 그러니 세상을 변화시키고자 적극적으로 나서지 않게 된다. 방관자의 태도에서 벗어날 수 없다. 이런 일을 돌이켜 볼 때, 항상 인복이 없다고 느꼈던 건 사실 나만이 아니었을 것이다. 오히려 함께 일하며 합이 잘 맞고 시너지를 내는 게 신기한 사건일지도.

사회적 태만이 일어나면 그만큼 억울한 사람도 생긴다. 열에 아홉이 자신의 몫을 떠넘긴다면 나머지 하나가 모든 책임을 떠안게 되기 때문이다. 유능하고 독립적인 사람, 성질이 급한 사람, 도와 달라는 말을 꺼내지 못하는 착한 사람, 도와 달라는 말을 꺼내느니 내가 하고 만다는 회피 애착 유형의 사람, 자신의 능력을 과대평가하고 타인의 능력을 과소평가하는 사람 등이 그렇다. 그들은 몫을 나누며 스트레스를 받느니 혼자 독박을 쓰는 게 낫다고 생각한다. 하지만 그런 일이 쌓여 갈수록 '왜 나만 고생하지' 하며 원망하는 마음도 배가된다.

　　독박의 늪에서 벗어나는 간단한 방법이 있다. 특정한 사람을 콕 집어서 일을 시키는 것이다. 응급 상황 훈련에서도 이 점을 강조한다. 길거리에 누군가 쓰러져 있다. 도와주는 사람이 있다 해도 혼자 다 감당하기엔 버겁다. 그런데 수많은 사람이 어떻게 해, 어떻게 해, 발을 동동 구르며 구경만 한다. 구경을 멈추는 법은 없다. 그럴 땐 '오늘 밤 도울 사람 너야 너, 너야 너!' 하고 누군가를 콕 집어 책임감을 부여해 주어야 한다. 이를테면 "거기 회색 옷 입은 아저씨 자동제세동기 좀 가져다주시고, 거기 후드티 입은 학생 119에 신고 좀 해 주세요!" 하는 것이다. 지목당한 사람은 더 이상 책임을 남에게 넘길 수 없다.

　　가정에서도 적용해 볼 수 있다. 설거지하는 동안 다 먹은 접시를 가져다 달라고 배우자에게 요구하거나, 다 갖고 논 장난감은 상자에 직접 넣으라고 자녀의 이름을 콕 찍어 부르며 부탁하는 것이다. 여기에 시간 제한을 두면 더욱 효과적이다. 내가 이걸 끝마칠 때까지 그걸 해 줘. 그러면 시간 압박을 느낀 이는 각성이 되어 그 일을 해내고 만다. 세상에는 알아서 잘하는 나 같은 사람도 있지만, 그렇지 않은 방관자가 더 많다. 한숨만 쉬며 '알아서 좀 해 주지' 하고 불평하는 마음은 협력에 도움이 안 된다. 내 기분만 상할 뿐이다. 그럴 땐 차라리 해야 할 일을 콕 집어 알려 주자. 그러면 역할을 맡은 그는 자신의 몫에 최선을 다할 것이다. 그리고 그 한 번의 경험이 그를 방관자에서 주도자로 변화시키는 계기가 될 것이다.

인간은 함께하지 않고는 버틸 수 없도록 태어났다. 하지만 함께하기 때문에 서로에게 상처를 주고 손해 보는 일도 피할 수 없다. 피할 수 없으면 즐기라 했건만, 즐기기는 어려운 상황이다. 그렇다 해도 인복이 없다며 땅을 치고 서러워할 바에야 뭐라도 시도해 보는 게 낫지 않을까? 인간의 본성은 생각보다 뻔해 이해하기 쉽다. 원래 인간은 태만한 존재로구나, 하지만 또 완장을 채워 주면 열심히 하는 존재로구나, 하며 그들을 짠한 눈으로 바라보면 또 귀엽게 보일지도 모른다.

관계에 온기가 필요할 때

김금희의 소설 『경애의 마음』에는 공상수 팀장과 공상수 팀의 유일한 팀원인 경애가 등장한다. 회사에서 그들은 미움을 받다 못해 투명인간 취급을 당하며 하루하루를 버텨 나간다. 하루는 무례한 직원들이 상수의 사무실로 쳐들어 와서는 회의 장소가 필요하니 당장 자리를 빼라고 한다. 불쾌한 상황에도 상수는 불평 한마디 없이 경애에게 책장을 옮기자고 한다. 팀장의 말에 무거운 책장을 옮기던 경애는 이런 생각에 빠진다.

책장은 너무 무거워서 아무리 긍정적인 사람이라도 삶에

회의를 느낄 만했다. 경애는 그 무게를 감당하면서 대체 영업하는 사람에게 이런 책장이 필요한가, 애초에 왜 가져다 놓았는가 생각했다.

김금희, 『경애의 마음』, 창비, 2018, 79쪽

사는 게 버거울 때면 어깨가 무겁다. 무언가 짊어진 것도 아닌데 어깨에 한가득 짐이라도 얹어 놓은 것처럼 무게감이 느껴진다. 경애는 그 무게감을 무례한 직원들의 배척 속에서 책장을 옮기며 느꼈다. 이 정도 무게라면 긍정적인 사람도 삶에 회의를 느끼지 않겠느냐며 말이다. 그런데 이 생각이 맞지 않을까? 아무리 멀쩡한 사람도 무거운 짐을 들면 세상이 버겁게 느껴지지 않겠냔 말이다.

올해 봄, 오랜만에 제주도에 갈 기회가 생겼다. 코로나19 때문에 1년 가까이 발이 묶였던 터라 어느 때보다 기대감이 컸다. 가장 기다려진 순간은 소박하고 정감 있는 숙소에서 보낼 시간이었다. 우리가 묵을 곳은 하늘이 보이는 조그마한 창문이 달린, 천장이 세모진 다락방 구조의 숙소였다. 사진으로 보니 어찌나 아기자기하게 꾸며 놓았는지 마치 내가 빨간 머리 앤이 될 것만 같은 기분이었다. 두근두근 설레는 마음으로 체크인을 했다. 그런데 이게 웬걸. 한겨울이 지난 지도 오랜데 방은 완전한 냉골이었다. 한 걸음 한 걸음 발을 내디딜 때마다 온몸에 소름이 돋았다. 화장실엔 찬바람이 휘돌아 샤워할 엄두도 나지 않았고. 프레임도 없이 덩그러니 바닥에 놓인 매트리스를 보니 빨간 머리 앤은 무슨, 성냥팔이 소녀가 된 심경이었다. 마침 벽에 붙은 종이 한 장이 눈에 들어왔다. 보일러 켜는 법이었다. 1초도 더는 버틸 수 없었기에 보일러를 켜 놓고 숙소에서 탈출했다. 근처 식당에 들어가 밥을 먹는 내내 체기가 올라왔다. 호텔에서 자자던 남편의 제안을 만류하고 욕심을 냈던 곳이었기에 더욱 그랬다. 미안하고 민망하고 화가 났다. 오랜만에 온 소중한 여행인데, 후회하며 꾸역꾸역 밥을 삼켰다.

하지만 반전이 일어났다. 미적거리며 방으로 들어갔는데, 이 아늑함은 뭐지? 지금 이 순간 마법처럼 내가 기대했던 다락방의 모습이 눈앞에 펼쳐졌다. 아담하고 사랑스러운 크기의 방, 빈티지한 인테리어와 폭신한 매트리스, 아기자기한 소품까지 모든 게 여행 떠나기 전 상상했던 그대로였다. 갑자기 무슨 일일까? 혹시 우리가 나간 사이에 요정 할머니라도 다녀간 것일까? 아니면 주인이 정신을 차리고 급히 수습이라도 해 놓은 것일까?

변한 건 딱 한 가지였다. 방의 온도. 처음 그 방에 들어

갔을 때는 발을 디디기도 힘들 만큼 차가운 바닥과 냉랭한 공기가 나를 맞이했다. 하지만 보일러를 틀어 놓고 시간이 한참 지나자 그곳은 온기가 충만한 공간으로 변했다. 그 따뜻함이 나를 감쌌다. 아니, 그런데 고작 온도 하나로 방의 분위기가 이렇게 바뀌었다고?

미국 심리학자 윌리엄스와 바그의 흥미로운 실험은 나의 어리석은 마음을 설명해 주기에 충분했다. 두 연구자는 참여자들을 연구실로 초대했다. 연구실로 오는 길이 복잡하다는 핑계로 진행자가 엘리베이터까지 마중을 나갈 거라는 말도 잊지 않고 보탰다. 진행자는 손에 커피와 서류 가방을 들고 마중을 나갔다. 그리고 참여자가 엘리베이터에 타면 자연스레 이 말을 건넸다. "서류 좀 꺼내려는데 잠시 커피 좀 들어 주시겠어요?" 참여자들은 별다른 의심 없이 진행자의 커피를 들어 주었다. 이제 연구실에 도착한 참여자들은 별 의미 없는 실험에 참여하며 제 몫을 다했다.

모든 연구가 끝난 후 연구진은 참여자에게 질문했다. "엘리베이터로 마중 나간 진행자는 어땠나요?" 어떤 사람은 그가 친절하고 따뜻했다고 대답하고 또 다른 사람은 불친절하고 냉담했다고 대답했다. 이 질문의 의도는 무엇이었을까? 진행자의 인성 테스트? 소속 연구원의 성실도 테스트? 혹시 진행자는 참여자를 차별했을까? 마음에 든 사람에게만 유난히 친절히 대한 것은 아닐까? 다행히 진행자는 그렇게 매너 없는 사람이 아니었다. 한결같은 표정과 말투로 모든 참여자를 공평하게 대했다. 다만 딱 하나 다른 점이 있었는데, 그건 잠시 들고 있어 달라고 건넨 커피였다. 어떤 참여자를 마중 나갈 때는 얼음이 가득 담긴 아이스커피를, 또 다른 참여자를 마중 나갈 때는 따뜻한 커피를 들고 나갔던 것이다. 자연스럽게 누군가는 차가운 커피를, 누군가는 따뜻한 커피를 들어 주게 되었다.

그 짧은 순간의 경험이 진행자에 대한 인상을 결정했다. 아이스커피를 들어 준 참여자는 진행자에 대해 부정적인 인상을, 따뜻한 커피를 들어 준 참여자는 긍정적인 인상을 형성했다. 다시 말해 차가운 커피를 들었던 사람은 진행자를 차가운 사람으로, 따뜻한 커피를 들었던 사람은 따뜻한 사람으로 인식했다.

우리 뇌에는 온도에 관여하는 섬엽insula이라는 영역이 있다. 뜨겁거나 차가운 대상이 피부에 닿을 때, 즉 물리적인 온도를 경험할 때 섬엽이 감각을 처리한다. 그런데 놀라운 사실은 심리적 온도를 처리할 때도 그 부위가 활성화된다는 사실이다. 심리적 온도는 관계에서 느낄 수 있다. 우리는 어떤 사람이 나에게 다정하게 굴면 '저 사람 참 따뜻하다'고 느끼고 비난하면 '쌀쌀맞고 냉정하다'고 느낀다. 상대가 실제로 고열이 있거나 저체온증에 걸린 것도 아닌데 마음으로 온도를 느끼는 것이다. 이게 바로 심리적 온도다.

물리적 온도와 심리적 온도를 뇌의 같은 부위에서 처리한다는 것은 무슨 뜻일까? 심리적으로 느끼는 온도가 물리적으로 느끼는 온도처럼 감각된다는 것이다. 이를 심리학에서는 '체화된 인지'Embodied Cognition라고 부른다. 쉽게 말해 인지한 것, 그러니까 마음으로 느끼는 것이 체화된다, 즉 피부로 느껴진다는 것이다. 반대도 가능하다. 피부로 느끼는 것이 마음의 온도를 변화시킨다. 차가운 방에 들어선 내가 냉대당했다고 느낀 것처럼. 따뜻한 커피를 들었던 사람이 앞에 있는 사람을 다정하다고 착각한 것처럼.

제주에 도착한 그날, 방에 처음 발을 디뎠을 때 나는 차가움이라는 물리적 온도를 경험했다. 그리고 단순한 뇌의 판단으로 숙소가, 숙소 주인이, 심지어 이 여행이 나를 냉대한다며 심리적 차가움에 지배당해 버렸다. 잘못 인지된 감각은 여행을 망쳤다는 극단적 결론으로 나를 이끌었다. 우리의 소중했던 여행은 체화된 인지 때문에 엉망이 될 뻔했다. 하지만 보일러를 돌린 방에 돌아온 순간 나를 맞이한 건 따뜻함이었다. 나의 뇌가 따뜻함을 경험한 순간 숙소가, 숙소 주인이, 제주도가 나를 따뜻하게 맞이한다는 심리적 따뜻함이 느껴졌다. 얼어붙었던 마음은 포근하게 녹고, 공격적이던 마음은 차분해졌다. 성냥팔이 소녀는 다시 빨간 머리 앤이 되어 팔짝팔짝 뛰었다.

　　살아가면서 가장 필요한 것은 무엇일까? 바로 온기, 따뜻함일 것이다. 힘내라는 격려, 괜찮아질 거라는 위로, 너밖에 없다는 칭찬, 너로 인해 행복하다는 고백, 참 힘들었겠다는 공감, 덕분에 잘되었다는 감사. 이 모든 진심이 온기가 되어 전달된다. 하지만 세상은 겨울왕국도 아닌데 온기가 참으로 부족하다. 따뜻함을 필요로 하는 사람은 많지만 따뜻함을 뿜어내는 사람은 별로 없다. 누군가는 상대도 내놓지 않는 따뜻함을 왜 내가 먼저 내놓아야 하느냐고 으름장을 놓고, 또 다른 누군가는 꼭 일일이 표현해야 아냐며 콧방귀를 뀐다. 부러 그러는 것은 아니다. 그들 역시 먼저 따뜻함을 내비치기엔 여유가 없을 뿐이다. 온기가 얼마 남지 않은 몸으로 차가운 이웃을 품어 주긴 지나치게 고통스럽다. 부족한 여유는 야박한 마음을 만들고 돈 한 푼 들지 않는 따뜻한 말 한마디 건네기가 힘들어진다. 그래서 우리 삶에는 온기가 없고, 우리 마음은 얼음장처럼 차갑다.

그런데 참으로 다행인 점이 있다. 우리 뇌는 단순해서 기특한 짓을 한다는 것이다. 바로 물리적으로 따뜻해지면 이를 심리적으로 따뜻하다고 착각한다는 것. 그래서 마음에도 없는 사람에게 따뜻함을 기대하는 대신 우리 뇌를 속일 수도 있다. 외로울 땐 담요를 덮거나 반신욕을 한다. 따뜻한 차 한 잔을 들이켜고 포근한 인형을 껴안는다. 보일러를 올리고 이불 속에 파묻힌다. 그러면 뇌가 속는다. 따뜻함을 경험한 뇌는 세상이 나를 따뜻하게 대한다고, 나는 사랑받고 있다고 잘못된 결론을 내린다. 물론 이 잘못된 결론이 우리에게는 이득이다.

물리적 따뜻함이 심리적 따뜻함을 이끌어 내면 세상을 바라보는 시선이 달라진다. 색안경을 쓴 것처럼 온기의 안경을 쓰고 따뜻해진 세상을 보게 되는 것이다. 그러면 보이지 않던 아름다움이 보이고 감사함이 느껴지기 시작할 것이다. 그때 표현하면 된다. 마음에 있는 그대로 고맙다고, 사랑한다고. 우리가 전한 따뜻함은 또 다른 사람의 섬엽에 닿아 온기를 전염시킬 것이다. 당신이 담요를 덮기 시작할 때 얼어붙은 세상은 조금씩 녹아내리기 시작할 것이다.

덧붙이는 말. 그렇다고 한여름에 담요를 덮지는 말자. 더운 날의 포근함은 불쾌함이 될 테니. 몸의 감각은 마음의 감각과 함께한다. 나를 행복하게 하는 감각이 무엇인지 찾아보자. 달콤함, 시원함, 짜릿함, 가벼움, 상큼함. 무엇이든 좋다. 나를 행복하게 해 주는 감각은 생각보다 많다.

3장

앞으로 나아가는 법

다름과 틀림이 헷갈릴 때

기질과 성격

'사람 고쳐 쓰는 거 아니다'라는 말이 있다. 아무리 노력해도 변하지 않고 우리를 괴롭히는 사람이 있을 때 이 표현이 절로 나온다. 정말 사람은 변하지 않을까? 변하지 않는 부분이 분명히 있다. '기질'Temperament이 그렇다.

기질이란 이미 가지고 태어난 고유의 방향성으로, 살아온 환경이나 문화적인 영향에 의해 학습되지 않은 순수한 모습을 말한다. 갓난아기를 보면 기질이 확연히 드러난다. 어떤 아기는 항상 방실방실 웃는다. 그 어머니는 아기 키우는 것이 전혀 어렵지 않다고 말한다. 하지만 다른 아기는 어르고 달래도 짜증이 가득하다. 어머니는 늘 고생을 한다. 두 사람이 만나 대화를 나눠 보면 까다로운 아기의 엄마는 죄책감이 든다. 자신의 양육 방식에 문제가 있는 건 아닐지 걱정되기 때문이다. 하지만 어머니의 잘못이 아니다. 두 아기는 다른 방향성을 가지고 태어났을 뿐이다. 양육 방식과 상관없이 기질은 바뀌지 않는다.

그럼 역시 사람은 고쳐 쓰는 게 아닐까? 글쎄, 고치는 것과 변하는 것은 다르다고 생각한다. '고치다'라는 동사를 사람에게 적용하는 것 자체에 어폐가 있지만, 그래도 의미를 따져 보면 오히려 희망적이다. 고친다는 건 고장 난 물건을 제대로 기능하게 만드는 것이니까. 여기서 핵심은 '고장'이다. 고장 난 건 고치면 된다.

성격이란 기질에 환경이 더해진 결과물이다. 타고난 기질이 있다 해도 어떤 환경을 만나느냐에 따라 성격은 달라질 수 있다. 내향적인 기질의 아기가 있다. 이 아기가 자애로운 부모를 만나 충분한 사랑을 받는다면 장차 자신감 넘치는 꼼꼼하고 세심한 아이로 자랄 것이다. 반면에 냉정한 부모를 만나 잘못된 훈육을 받는다면 잔뜩 긴장한 채 눈치만 보는 아이로 자랄 것이다. 내향적인 기질을 바꿀 수는 없지만, 그 기질이 긍정적으로 발현될 지 부정적으로 발현될지 결정하는 것은 환경인 것이다.

기질과 환경의 궁합이 잘 맞고 좋은 방향으로 흘러갈 때 우리는 좋은 성격을 가지게 된다. 반면에 기질과 환경의 궁합이 안 맞고 더 나쁜 방향으로 발현시키는 환경을 만날 때 성격은 나빠지는 것이다. 이때 이 나빠진 성격을 '고장 났다'고 표현하고 싶다. 고가의 휴대폰을 실수로 변기에 빠트렸다. 전원이 켜지지 않는다. 사건이 일어나기 전까지 멀쩡히 기능하던 것을 그냥 포기하고 갖다 버릴까? 그렇지 않을 것이다. 훌륭한 기사에게 수리를 맡기면 원래 기능을 금세 되찾을 테니. 고장난 물건은 고쳐서 쓰면 되는 것이다.

사람도 마찬가지다. 멀쩡하게 기능하도록 태어난 사람이 상황에 의해 고장 났다. 좋지 않은 성격을 형성한 것이다. 그럴 때 포기해야 할까? 그렇지 않다. 고쳐 쓰면 된다. 하지만 문제가 하나 있다. 애초에, 그러니까 기질적으로 문제를 가지고 태어난 사람은 어떨까? 답이 없는 걸까? 물론 물건으로 따지면 그렇다. 불량품은 세상의 빛도 보지 못한 채 폐기 처분 되니까. 하지만 사람을 두고 정상이냐 불량이냐 따지는 기준은 과연 어디에 있을까? 있긴 있을까?

사회가 반기지 않는 기질이 몇 가지 있다. 예를 들면 까다로운 기질이 그렇다. 까다로운 사람에게는 다가가기 어렵다. 그래서 어울리려고 하지 않는다. 그렇다고 까다로운 것이 잘못되었다고 말할 수 있을까?

　이런 말이 있다. 까다로운 사람과 식당에 가면 백발백 중. 그들에게는 가장 좋은 것을 찾아내는 꼼꼼함이 무기다. 좋은 게 좋은 거지 하는 사람이 발견할 수 없는 놀라운 보석 을 발견해 내고야 만다. 까다로움은 상황에 따라 엄청난 장 점이 될 수도 있는 것이다.

　과거에는 내향적인 사람 역시 부정적으로 바라봤다. 사회성이 부족하고 에너지가 적다고, 성격을 고쳐야 한다 고. 하지만 내향적인 사람은 자신의 에너지를 내면으로 사 용하는 사람이다. 그만큼 집중하고 깊이 있는 삶을 사는 사 람이지 문제 있는 사람이 아니다.

　잘못된 기질이란 없다. 어떤 시선으로 바라보느냐에 따라 기질의 가치는 달리 매겨진다. 잘못된 기질이란 세상 의 시선이 만들어 낸 착각이다. 우리는 모두 고유한 모습으 로 바르게 만들어진 명품이다. 그러니까 만약 우리에게 문 제가 있다면 그건 불량하게 태어난 것이 아니라 자라면서 고장 났다는 뜻이다.

　문제아의 과거를 돌아보면 열악한 환경에서 살아왔다 는 사실을 쉽게 알 수 있다. 사정을 들어 보면 딱하다. 그렇 다고 그들의 삶에 서사를 부여하고 무조건 용서하자는 말은 아니다. 그의 삶을 들여다보고 살아온 환경을 이해하고 그 환경에 따른 결과를 인정하자는 것이다. 그다음에 문제를 파악해서 고칠 것은 고쳐야 한다. 원인도 모르고 수리할 수는 없는 노릇이니까. 하지만 주위를 살펴보면 어디 고쳐지는 사람이 있는가? 거의 없다. 시간이 지날수록 결점은 더 옹골진 열매를 맺는 것처럼 보인다. 왜일까?

첫 번째는 속도의 문제다. 어떤 사람은 걸음이 느리고 어떤 사람은 빠르다. 빠른 사람에게는 느린 사람이 답답하고 한심하다. 그렇다고 그들이 걷지 않는다고 말할 순 없다. 마찬가지로 변화에도 빠른 사람과 느린 사람이 있다. 발전에 능숙한 사람이 있는가 하면 더디게 가는 사람도 있다. 빠르게 가는 사람은 천천히 나아지는 사람을 보고 차도가 없다고 말한다. 그러나 느리게 갈 뿐, 멈춰 선 건 아니다. 자신만의 속도로 묵묵히 가고 있을 뿐이다.

길가에 자라나는 나무를 보자. 어제와 오늘에 차이가 없어 보여도 그들은 꾸준히 자라고 있다. 오랜 시간이 흐른 뒤에야 '벌써 이렇게 자랐구나' 하고 놀랄 것이다. 사람도 마찬가지다. 아주 조금씩 변하는 사람이 있다. 어제와 큰 차이가 없어 보이지만 조금만 더 기다려 주면 분명 달라진 모습을 만나게 될 것이다. 그런데 마음이 급한 사람은 그들을 보며 이렇게 말한다. 넌 참 안 변해. 얼마나 힘이 빠질까? 그 말을 들은 그들은 생각할 것이다. 그래, 난 해도 안 돼. 열심히 노력했는데 달라지는 게 없잖아. 그리고 애써 노력하던 것을 포기하고 왔던 길로 되돌아갈 것이다. 재촉은 포기를 만들고 모든 것을 원점으로 돌린다.

두 번째는 필요성의 문제다. 안쪽으로 열리도록 설치된 문이 있었다. 그 문을 열어 본 사람이 바깥으로 열면 더 편하겠다고 생각했다. 그래서 수리 기사에게 연락해 이렇게 말했다. 문이 고장 났어요. 고쳐 주세요. 수리 기사는 얼마나 황당했을까? 문제가 있는 것도 아닌데, 자기 기대에 맞지 않는다고 고장 났다고 말하니 말이다. 사람에게도 적용할 수 있는 문제다. 마음에 들지 않는다고 상대가 잘못되었다고 말하는 경우가 있다. 하지만 잘못된 것이 아니라 자신의 기대에 맞지 않을 뿐이다. 기대와 바람에는 정답이 없다.

부부가 있었다. 한 사람은 깔끔하고 한 사람은 게을렀다. 깔끔한 사람은 게으른 사람에게 늘 잔소리를 했다. 자고 일어나면 이불을 정리하라고. 하지만 게으른 사람은 말을 듣지 않았다. 그런 게으른 사람을 보며 깔끔한 사람은 역시 사람 고쳐 쓰는 거 아니라고 불만을 토로했다. 며칠 뒤

게으른 사람이 기사 하나를 보여 줬다. 연구 결과 자고 일어난 이불에는 진드기와 세균이 많아서 바로 개는 것이 치명적이라는 내용이었다. 오히려 이불 속에 통풍이 되도록 헝클어 놓는 편이 더 좋다고. 건강 면에서는 게으른 사람의 행동이 훨씬 도움이 되었던 것이다. 자신의 기준에서 변화를 요구하면 상대는 수용하지 않는다. 변화의 필요성을 느끼지 못하기 때문이다. 당연히 고쳐지지도 않는다. 처음부터 고장 난 게 아니니까. 상대의 고쳐야 할 부분이 오롯이 나의 만족을 위한 것은 아닌지 생각해 볼 필요가 있다.

마지막으로 사람이 고쳐지지 않는 이유는 가까운 사람들이 서로를 바꾸려 하기 때문이다. 우리는 느슨한 관계를 맺은 사람에게 큰 기대를 하지 않는다. 친밀한 사람일수록 나의 기대에 부응해 주길 바란다. 하지만 친밀한 관계에선 무례해지고 존중이 사라진다는 아이러니가 있다. 서로 바라는 것이 많지만 상대의 바람은 어쩐지 귀찮고 번거로우며 성가시다.

제삼자의 조언을 받을 땐 듣는 척이라도 한다. 최대한 객관적인 자세로 나를 바라본다는 듯이. 하지만 가족이 나의 단점을 지적하면 거부감부터 든다. 그러는 너는 뭘 그렇게 잘하느냐며 반발심이 올라온다. 그러다 보니 가까운 사이일수록 상대를 변화시키기가 더 어렵다.

사람 고쳐 쓰는 거 아니라는 말에는 '내가' 고치지 못한다는 뜻이 숨어 있다. '내'가 여러 번 시도해 봤으나 변화가 없으니 저 사람은 답이 없다고 결론을 내린다. 하지만 내과 의사가 라섹수술을 하지 못한다고 해서 시력 교정이 불가능한 것은 아니다. 안과의사에게 가서 수술을 받으면 된다. 국어 교사가 미적분을 가르치지 못한다고 수학 실력을 향상할 수 없는 건 아니다. 수학 교사에게 배우면 된다. 내가 그 사람을 변화시킬 수 없다고 해서 그 사람이 안 변한다는 결론을 내릴 순 없다. 그 사람을 변화시킬 수 있는 사람은 내가 아닐지도 모른다.

누구나 자신을 고쳐 줄 훌륭한 수리 기사를 만날 수 있다. 그 기회가 사람을 바꾼다. 하지만 기회를 마주하기도 전에 "넌 안 변해, 답이 없어"라는 말에 세뇌당한다면 좋은 기회가 와도 발로 빵 차 버릴 것이다. 변화를 막는 것은 변하지 않는다는 우리의 말 한마디다. 정말 변화가 필요하다면 좋은 조언자를 만나거나 상담가, 정신과의사 등 전문가의 도움을 받을 필요가 있다. 배우자에게 문제가 있다면 부부 상담을 받는 것처럼 말이다. 물론 상대는 여기에 동의할 생각이 없을 것이다. 왜? 객관적으로 자신의 잘못을 지적받을까 봐 두려우니까. 사실 데려가려는 사람의 마음속에는 그런 의도가 다분하다. 전문가가 우리 앞에서 내 편을 들어주길, 따끔하게 혼내 주길! 상대가 그걸 눈치채지 못할 리 없다.

그럴 땐 가벼운 마음으로 강의를 찾아보는 것도 도움이 된다. 요즘은 TV에서도 예능처럼 쉽고 재밌게 볼 수 있는 좋은 강연을 참 많이 한다. 권위 있는 사람의 조언 한마디가 가까운 사람의 잔소리 열 마디보다 더 큰 힘을 갖는 법이다. 이 방법도 안 통한다? 그러면 선물 공세다. 이 책을 선물로 줘 보자. 심리학을 함께 공부하다 보면 마음에 변화가 일어날 테니.

그런 말이 있다. 상처 준 사람이 와야 하는 병원(상담소)에 늘 상처받는 사람만 온다고. 그래서 세상이 변하지 않는다고. 맞는 말이다. 변해야 할 사람은 노력하지 않고 변화를 소망하는 사람만 애쓴다. 때로는 그 사실이 자신을 더 힘들게 한다. 자존심도 상한다.

대학 시절 밉살맞은 친구가 한 명 있었다. 뭐 하나 도우려는 태도가 없었다. 만약 영화관에 가서 팝콘과 콜라를 시켰다고 치자. 내가 양손 가득 그걸 들고 있어도 빤히 보고만 있었다. 결코 들어 주겠다고 나서는 법이 없었다. 당시 개인 상담을 받고 있던 나는 선생님 앞에서 시원하게 친구를 헐뜯었다. 당연히 내 편을 들어줄 거라고 믿으면서. 하지만 선생님은 별일 아니라는 듯 이렇게 말했다. "그냥 들어 달라고 말을 해." 골이 났다. 자존심도 상했다. 서운한 마음을 드러내며 내 잘못도 아닌데 왜 내가 싫은 소리를 해야 하느냐고 따지듯 물었다. 그러자 선생님은 시큰둥하게 말했다. "그럼 걔랑 놀지 마."

부레끓으면서도 말문이 막혔다. 나는 그 친구를 좋아했으니까, 계속 어울리고 싶었으니까. "네가 원하는 게 뭔지 잘 생각해 봐. 자존심을 지키는 거야, 아니면 친구와 잘 지내는 거야? 친구와 잘 지내는 게 더 중요하다면 네가 먼저 손 내미는 수밖에 없어. 그 친구는 이유 없이 절대 먼저 변하지 않거든." 선생님의 조언은 내 마음에 깊이 꽂혔다.

상담이 끝나고 그 친구와 약속이 있었다. 친구는 그날도 한결같이 얄미웠다. 그렇다고 애랑 놀지 말라는 선생님의 이야기를 들을 순 없었다. 그래서 한마디 던졌다. "나 손 없는데 팝콘 들어 주면 안 돼?" 그런데 놀라운 일이 벌어졌다. 친구가 화들짝 놀라더니 "어! 미안!" 하며 팝콘을 가져간 것이다. 허무할 정도로 간단하게 문제가 해결되었다. 친구는 그저 상황에 어떻게 대처할지 모르는 미숙한 사람이었을 뿐 나쁜 사람이 아니었다.

우리는 아무런 개입 없이 상대가 내 마음에 쏙 들게 '알아서' 변해 주길 바란다. 내 노력 없이 자존심도 지키면서 말이다. 하지만 안타깝게도 그런 일은 일어나지 않는다. 그러므로 선택은 둘 중 하나다. 지금처럼 불평하며 참고 살든가, 그 사람과 연을 끊든가. 하지만 둘 다 싫다면 어쩌겠는가. 내가 먼저 손 내미는 수밖에.

자, 이제 마지막이다. 고치고 싶은 사람이 있을 때 짐짓 고쳐야 할 사람이 정말 그 사람뿐인지 돌이켜 보자. 세상에 완벽한 사람은 없다. 나도 당신도 그렇다. 살아가면서 어느 한구석은 고장이 나기 마련이다. 그렇지만 사용하는 데 별 무리가 없으므로 이래저래 살아갈 뿐이다. 둘이 만나 삐거덕거릴 때는 오롯이 한쪽만 문제인 경우는 없다. 세상 모든 삶은 상호작용하니까. 당신이 누군가의 세상에 들어간다면, 그곳은 더 이상 그 사람만의 세상이 아니다. 두 사람 사이에 문제가 생긴다면, 그것은 그의 문제인 동시에 당신의 문제도 되는 것이다. 그러니 둘은 함께 변해야 한다. 당신이 변하지 않으면 그 사람이 변한다 해도 오래지 않아 제자리로 돌아온다. 반대의 경우도 마찬가지다. 익숙한 세상에서 익숙했던 모습 그대로. 변화는 같이해야 한다. 우리는 함께 수리되어야 한다.

미움을 멈추고 싶을 때

때는 바야흐로 2016년 12월 25일 크리스마스. 남자친구와 이별과 재결합을 반복하던 동생 K가 있었는데, 그해 크리스마스는 그녀의 이별 구간에 속했다. 외로운 자신을 챙겨줄 기회를 얻겠느냐고 동생이 제안했다. 딱히 할 일도 없던 나는 좋다고 응답했다. 점심을 먹고 동생에게 전화를 걸었다. 동생은 전화를 받지 않았다. 문자를 남기고 한 시간이 지나도 답은 오지 않았다. 그날 밤늦도록, 크리스마스가 끝나도록 기다렸지만 동생과는 연락이 닿지 않았다. 그 후로도 K는 어떠한 연락도 하지 않았다. 변명도 사과도 없었다. 며칠 뒤 K에게 새로운 남자친구가 생겨 그와 크리스마스를 보냈다는 사실을 알게 되었을 뿐이다. '네가 누구와 만나 무엇을 하건 나는 상관없지만 문자 정도는 보내 줄 수 있지 않았니' 생각하며 연락을 취하려다 마음을 접었다.

1년 후 K의 SNS에 결혼 소식을 알리는 글이 올라왔다. 그날 이후로 연락이 끊긴 나는 그 자리에 초대받지 못했다. 미안한 마음인지 민망한 마음인지 알 턱이 없었다. 그런데 몇 달 뒤, 뜬금없이 문자 한 통이 날아왔다. '언니! 어떻게 지내? 보고 싶어. 엉엉.' 뭐? 갑자기 이게 뭔…… 너무나도 아무렇지 않은 태도에 나는 화조차 낼 수 없었다. 동생은 대화를 이어 가려 애쓰는 듯 보였다. 하지만 마음의 문이 닫힌 나는 그저 건조하고 형식적인 답변만 보낼 수밖에 없었다. 대체 뭘까, 이 동생의 마음은.

그 뒤로도 종종 K의 SNS를 들여다보던 나는 서운한 감정을 억누를 수 없었다. 문자를 씹고 바람을 맞히고 어떠한 변명도 없이 연을 끊어 버린 K, 그리고 그 원인 제공자로 보이는 남편을 볼 때마다 그날 느낀 배신감을 또다시 느꼈다. 그래서 어느 순간부터 동생의 삶을 구경하는 것을 멈추게 되었다.

어떤 사건을 경험했을 때 우리는 그 사건과 관련된 정보를 모두 기억 창고에 저장한다. 그리고 그 사건을 떠올리게 만드는 계기를 만나면 그날의 행동과 감정까지 자연스럽게 떠오른다. 가스레인지에 불을 점화하면 연결된 화구마다 불이 옮겨붙듯이, 무언가를 떠올렸을 때 그와 관련한 기억이 자동으로 떠오르는 현상을 '점화'Priming라고 한다. 잊고 있던 기억 하나에 불을 붙이면 가까운 기억의 조각들이 점화된다. 진득하게 연결된 기억의 파편들이 잊히지 않도록 서로를 격려하는 것이다. 하나의 파편은 그와 연결된 다른 파편을 끄집어낸다. 그 기억들은 동시에 의식 밖으로 나온다.

치킨을 보면 맥주가 생각나고, 삼겹살을 먹으면 소주가 당기는 이유가 바로 이것이다. 두 메뉴가 마음속에 진득하게 연결되어 있기 때문이다. 이를 심리학에서는 '접근 가능성'Accessibility이 높다고 표현한다. 접근 가능성이 높을수록 점화 효과는 강해진다. 코카콜라 회사는 겨울철 콜라 판매량을 높이기 위해 산타클로스에게 빨간 옷을 입혔다. 광고를 본 사람들의 마음속에는 빨간색, 코카콜라, 산타클로스가 함께 기억되었다. 그들의 접근 가능성은 높아졌고, 크리스마스는 산타클로스를, 산타클로스는 빨간색을, 빨간색은 코카콜라를 점화시켰다. 그래서 겨울에도 차가운 코카콜라를 먹고 싶게 만들었다.

중학교 시절, 나는 감자튀김을 좋아했다. 아니 병적으로 사랑했다. 오죽하면 아이디가 '일산 감자튀김'이었을까. 신고은은 자주 감자튀김을 먹고, 자주 감자튀김 이야기를 하고, 자주 감자튀김 사진을 오려 다이어리에 붙였다. 그래서인지 친구들은 아직도 감자튀김만 보면 내가 떠오른다고 한다. 친구들의 머릿속에 신고은과 감자튀김이라는 이미지가 강력하게 짝을 이룬 것이다. 감자튀김을 보면 신고은이 떠오른다. 다시 말해 감자튀김이 신고은을 점화시킨다. 이처럼 무언가를 생각했을 때 다른 이미지가 떠오르는 건 큰 문젯거리가 아니다. 오히려 즐거운 추억이 되기도 한다. 하지만 점화가 무서운 이유가 있다. 추억은커녕 잊길 바라는 그날의 기억까지 제멋대로 떠오르게 만들기 때문이다.

이별의 기억은 강력히 남아 함께 거닐던 거리를 지날 수 없게 만들고, 함께 먹던 음식을 먹을 수 없게 하고, 함께 듣던 음악을 꺼 버리게 만든다. 마주하기 싫은 기억의 조각이 예고도 없이 불쑥 떠올라 삶의 많은 부분을 회피하게 만든다. 하지만 다행히도 기억의 연합은 영원하지 않다. 두 기억을 함께 떠올리지 않는 시간이 길어질수록 둘 사이의 접근 가능성도 낮아진다. 하나를 떠올려도 다른 하나가 따라오지 않는 순간이 오는 것이다.

연예인은 이 원리를 제법 잘 이용한다. 음주 운전, 마약, 폭행 등 범죄에 연루된 연예인은 자숙하겠단 말과 함께 얼렁뚱땅 자취를 감춘다. 하루에도 수많은 연예인을 각종 미디어를 통해 만나는 우리는 시간이 지날수록 자숙 중인 연예인을 잊어 간다. 자숙이 끝난 연예인이 돌아왔을 때 그 사람이 무슨 잘못을 했는지 떠오르지 않는다. 그와 그가 저지른 범죄 사이의 접근 가능성이 낮아진 것이다. 때마침 근사한 작품이라도 만난다면 새로운 이미지와 결합해 좋은 사람으로 탈바꿈하기도 한다. 그 사람은 더 이상 미움받는 사람으로 남지 않는다.

어떤 잘못은 큰 상처를 남긴다. 그 사람을 떠올릴 때마다 고통스러울 만큼. 하지만 평생 그 마음을 안고 살아갈 수는 없다. 미움을 멈추고 싶은 순간이 누구에게나 온다. 그땐 그 사람과 아주 오랜 시간 거리를 두고, 그 사람을 떠올리게 하는 것을 끊을 필요가 있다. 상처가 떠오르지 않을 정도로 오랜 시간 동안 말이다. 그러면 언젠가 상처와 그 사람의 긴밀한 연결이 끊어진다. 감정으로부터 자유로워지는 것이다.

다만 주의해야 할 점이 있다. 시간이 지나 잊었다고 용서하고 그 사람에게 되돌아가는 실수를 범하지 않아야 한다. 같은 사람과는 같은 사건이 반복될 가능성이 크다. 거짓말을 하는 사람은 또다시 거짓말을 하고, 폭력적인 사람은 또다시 폭력을 휘두를 것이다. 그러면 기억의 연합은 다시 강건해진다. 우리가 해야 할 일은 아픈 기억으로부터 자유로워지는 것 그리고 적당한 거리를 두는 것까지다. 그 이상은 나의 몫이 아니다.

아무 일도 없었다는 듯 안부를 묻던 K는 마치 짧은 자숙을 마치고 컴백한 염치없는 연예인 같았다. K의 연락은 나의 기분을 오히려 상하게 했다. K가 연락한 그때는 K와 상처 사이의 연합이 깨질 만큼 충분히 시간이 지나지 않았던 것 같다. 7년이라는 시간이 지난 지금, 문득 K가 보고 싶다는 생각을 한다. 그래도 우리 대화가 잘 통했는데…… 그때의 일을 떠올려 봐도 어떠한 감정도 느껴지지 않는다. 그만큼 오랜 시간이 흐른 것이다. 가벼운 안부 정도는 나누는 사이로 돌아가고 싶다. 하지만 그랬다간 또 상처받지 않을까? 역시 적당한 거리를 두는 게 좋겠지. 그런 생각이 마음을 채울 때는 K의 SNS에 들어가 본다. 그리고 살며시 '좋아요'를 누른다.

나보다 남이 먼저일 때

특강이 끝나면 자유롭게 질문을 하는 시간을 가진다. 그동안 수많은 질문을 받아 봤지만 유독 기억에 남는 건 자신이 아닌 남을 위해 하는 질문이다.

우울증에 걸린 친구에게 어떤 말로 위로해 줄 수 있을까요?

세상에 등 돌린 친구가 마음을 열도록 어떤 말을 해 주면 좋을까요?

상담이 필요해 보이는 친구를 어떻게 설득할 수 있을까요?

다정한 마음이다. 사랑하는 사람이 힘을 내고 자리에서 일어나길 바라는 마음. 그리고 그 방법을 찾고 싶어 하는 기대. 하지만 이런 질문을 받을 때마다 마음이 시리다. 해 줄 수 있는 답변이 없기 때문이다. 차라리 이렇게 말하고 싶다. 너나 잘하세요. 잔인하다고? 조금 더 다정하게 돌려 말하자면, '당신부터 돌보세요'라는 말이다.

나는 대학원에 다니는 동안 반려동물을 키우는 사람의 심리를 연구했다. 반려동물을 키우는 사람이 그렇지 않은 사람에 비해 행복하다는 연구 결과가 수두룩하다. 특히 우울증처럼 마음의 병이 있는 사람에게 반려동물은 큰 도움을 준다. 강아지를 산책시키려 억지로 몸을 움직이고, 털뭉치의 귀여운 몸짓에 미소를 짓고, 보드라운 접촉으로 따스함을 느끼다 보면 자연히 위로를 받는다. 안정감을 되찾고 행복감을 만난다. 나는 그 점이 좋았다. 사람에게 없는 치유 능력을 지닌 동물이 좋았다. 하지만 오래지 않아 연구를 그만둘 수밖에 없었다.

반려동물은 보호자와 교감한다. 보호자의 감정을 덩달아 느끼고 그에 공감한다. 보호자가 괴로워하면 함께 괴로워하고 아파하면 함께 고통을 느낀다. 보호자의 감정을 흡수하며 위로하는 역할을 자처한다. 하지만 흡수한 우울함은 사라지지 않고 마음에 고스란히 축적된다. 그래도 힘든 내색을 하지 않는다. 자기마저 보호자에게 짐이 될 수 없기 때문이다.

그러다 보호자가 회복하면 자신의 역할을 잘 마친 반려동물은 그제야 참아 왔던 아픔을 터뜨린다. 우울 증상이 나타나고 문제 행동을 보인다. 심지어 병에 걸리기도 한다. 반려동물을 훈련하는 프로그램을 보면 이런 경우를 많이 볼 수 있다. 보호자가 심리적 위안을 얻기 위해 가족으로 맞이한 동물이 어느 순간부터 문제를 일으킨다. 보호자가 회복하는 시점부터다. 우울한 사람을 챙기는 일은 그만큼 힘들고 어려운 일이다.

사람도 마찬가지다. 사랑하는 사람이 힘겨워하면 그 사람을 챙기느라 바쁘다. 그 사람을 위로하고 보호하느라 자신을 돌보는 일에 소홀해진다. 그러다 그 사람이 괜찮아질 즈음 무너지고 만다. 그동안 참아 왔던 아픔이 터져 나오는 것이다.

나는 여러 번 이해할 수 없는 경험을 했다. 중요한 일을 마치고 이제 좀 쉴 수 있겠다 싶은 순간 여지없이 아팠던 것이다. 오래 준비한 시험이 끝났을 때, 프로젝트를 마감했을 때, 원고를 탈고했을 때, 보고서 전송 버튼을 눌렀을 때. 이제 좀 놀자 하고 계획을 짜려는데 관자놀이가 요동친다. 편두통이다. 바쁠 때는 멀쩡하다가도 쉴 때쯤 머리가 아픈 건 나만의 이야기가 아니다. 이를 '주말 편두통'이라고 부른단다. 아픔도 아플 여유가 있을 때 찾아오는 법이다. 바쁠 때는 아픈 것마저 미룬다. 그러다 여유가 생기면 미뤄 두었던 아픔을 완수한다.

남을 돌보느라 바쁠 때는 모른다. 내가 지금 힘든지 아닌지. 상대가 회복되어 갈 즈음에야 눈에 띌 정도로 아프기 시작한다. 문제는 상대를 돌보느라 에너지가 모두 소진되었다는 것. 나를 돌볼 힘이 남지 않았다는 것. 타인이 괜찮아지면 생각지도 못했던 아픔이 벼락치기 하듯 몰려온다. 그러니 가장 중요한 것은 나부터 돌보는 것이다.

세상은 마음의 병을 가진 이들에게 관심을 촉구한다. 관심도 없던 시대에 비하면 성숙한 모습이다. 하지만 그들 곁에 있는 사람에 대해서는 여전히 무심하다. 덜 힘든 사람은 괜찮다고 격려하고, 때로는 괜찮으라고 강요한다. 이런 잔인한 독려는 곁을 지키는 이들로 하여금 고민하게 만든다. 상대적으로 덜 힘든 내가 고통을 토로할 자격이 있는가? 하고 말이다. 하지만 충분히 고통스러울 수 있고, 더 고통스러워질 수도 있다.

감정은 전염된다. 부정적 감정은 더욱 그렇다. 우울한 사람과 함께 있으면 우울해지고, 매사 힘들다는 말만 하는 사람 곁에서는 기가 빨린다. 감정 쓰레기통이 되어 감정을 고스란히 받아먹다가 탈이 난다. 환자를 고치던 의사가 감염되어 병을 얻는 꼴이다. 그러니 가장 중요한 것은 나를 먼저 돌보는 것이다. 내가 건강하지 않으면 환자를 돌볼 수 없고 내가 행복하지 않으면 타인을 행복하게 할 수 없다. 견디고 버텨 봐야 소진만 될 뿐, 누군가를 끌어 줄 수 없다.

취미 생활도 하고 여행도 떠나고 즐길 기회를 찾아야 한다. 저 사람은 힘든데 내가 이렇게 행복해도 될까, 고민하고 죄책감을 느낄 필요는 없다. 나를 먼저 돌보는 것은 행복의 근육을 단련하는 일이다. 그 근육이 있어야 불행의 나락 끝에 매달린 이를 끌어올릴 수 있다. 내가 사는 것이 남을 살리는 길이고, 내가 웃는 것이 남을 웃기는 길이다. 그러니 부디 나부터 챙기자!

행복이 끝날까 두려울 때

자주 가는 카페에 강아지가 있다. 아니 솔직히 말하면 강아지가 있어서 자주 가는 것이다. 그 강아지는 시바라는 견종으로, 보리라고 불렸다. 보리의 어미는 새끼를 자주 낳았다. 덕분에 나는 보리의 동생을 보러 자주 갈 수 있었다. 그날도 새로 강아지가 태어났다는 소식을 듣고 한달음에 카페로 달려갔다. 중심을 제대로 못 잡아 넘어지면서도 꼬물거리며 장난을 치는 모습이 어찌나 귀여운지. 화분이란 화분은 다 넘어트리고 손님의 운동화 끈을 잘근잘근 씹어도 누구 하나 불평하지 않았다. 다들 엄마 아빠 미소를 짓고 쳐다볼 뿐이었다.

귀여운 강아지를 한참 보고 있는데 갑자기 화가 치밀었다. 너무 귀여워서 짜증이 났다. '아우, 저 시바 새끼!(시바라는 견종의 갓 태어난 생명이라는 뜻) 왜 저렇게 귀여운 거야! 꼬리를 콱 깨물어 주고 싶네! 엉덩이를 팡팡 때리고 싶네! 너무 귀여워서 화가 날 지경이네!' 극도의 귀여움이 내 마음을 불편하게 했다. 이 아이러니함은 무엇인가?

대학교 첫 학기, 알 수 없는 자신감에 사로잡혀 있던 나는 100미터 밖에서도 눈에 띌 만큼 화려한 형광 핑크색 트렌치코트를 장만했다. 과하다고 생각했지만 나는 새내기니까! 새 옷을 입고 과방에 들어서자 모든 시선이 나로 향하는 게 느껴졌다. 선배 틈에 끼어 있던 친구가 바로 한마디를 던졌다. "아이고! 핑크 공주 오셨네." 칭찬과 비아냥을 겸비한 언어로 공격당한 나는 이에 질세라 두 번째 손가락을 볼에 쿡 찔렀다. 그리고 입술을 닭똥집처럼 오므리며 뿌~ 하는 표정을 지었다. 그러자 친구는 이렇게 되받아쳤다. "하이고 귀여워라! 깨물어 죽여 버리고 싶네."

우리는 흔히 귀엽고 예쁜 대상을 보면 '깨물어 주고 싶다'는 표현을 쓴다(물론 친구는 '깨물어'보다 '죽여 버리고 싶네'에 악센트를 넣었다). 깨문다는 건 공격의 표현인데 왜 사랑스러운 대상에게 공격 본능이 올라오는 걸까? 미국

예일대 오리아나 아라곤 교수는 이 아이러니한 현상을 실험으로 증명했다. 연구팀은 사람들을 모아 두 그룹으로 나눈 후 한 그룹에게는 귀여운 강아지 사진을, 다른 그룹에게는 귀엽지 않은 동물 사진을 보여 주었다. 그리고 손에 에어캡 일명 뽁뽁이를 쥐여 주었다. 사람들은 사진을 보며 무의식적으로 뽁뽁이를 터트리기 시작했다.

두 그룹 중 누가 더 뽁뽁이를 많이 터트렸을까? 바로 귀여운 사진을 본 그룹이었다. 귀여운 것을 본 사람들이 더 감정적으로 격한 반응을 보인 것이다. 연구팀은 이러한 현상에 '귀여운 공격성'Cute Aggression이라는 이름을 붙였다.

우린 유쾌하고 긍정적인 것이 마냥 좋다고 믿는다. 맛있는 음식이 맛없는 음식보다 낫고, 사이좋게 지내는 게 싸우는 것보다 좋다. 실패보다는 당연히 성공, 질병보다는 역시 건강이다! 흐린 날보다 맑은 날이 좋고, 죽는 소리를 내는 사람보다 웃는 사람이 좋다. 좋은 게 좋은 거라고, 우리는 좋은 것만으로 가득 찬 삶을 원한다.

하지만 뇌는 욕심이 없는 모양이다. 극단적인 것을 싫어한다. 너무 불행한 것이야 당연히 싫어하지만 지나치게 행복한 것도 싫어한다. 감정의 균형이 맞길 바란다. 그래서 너무 행복하다는 느낌이 들면 불행한 기분을, 너무 기쁘다

싶으면 슬픈 감정을, 너무 귀엽다 싶으면 화나는 감정을 불러일으킨다. 우리가 행복할 때 뇌는 감정의 시소가 긍정으로 기울지 않도록 부정적 감정에 힘을 실어 준다. 그렇게 감정의 평균을 맞추는 것이다.

예전에 먹방 프로그램을 진행하던 배우가 자기만의 비밀을 공개한 적이 있다. 방송이기 때문에 언제나 맛있다고 해야 하지만 솔직히 맛없을 때도 많은데, 그럴 때마다 정말 곤욕스럽다고. 하지만 이제는 나름의 대처법을 터득했다고 한다. 먼저 맛없는 음식을 먹으면 미소를 짓는다. 으음~ 하면서 오래 음미한다. 그리고 식감이나 재료의 신선도같이 '평가'와 관련된 내용을 언급한다. 재료가 신선해요. 식감이 아삭아삭해요. 풍미가 깊어요. 오일리하지 않고 모이스처해요.

하지만 진짜 맛있는 음식을 만나면 반응이 달라진다. 아무 노력도 필요 없다. 사랑하는 맛의 감각이 혀에 닿는 순간 표정은 곧바로 정답을 말한다. 찡그리는 것이다. 눈썹 사이 미간에 주름이 잡히며 화가 난 듯 이게 뭐야! 하고 외치게 된다. 일명 '진실의 미간'이라 부른다. 그러다 감동이 격해지면 옆 사람을 때리기까지 한다. 왜 우리는 맛있으면 웃는 대신 찡그리는 것일까? 쓰고 역한 음식을 먹었을 때처럼. 이 또한 뇌의 계략 중 하나다. 너무 맛있으니까, 맛있어서 행복하니까! 감정의 시소를 맞추기 위해 약간의 짜증을 불러내는 것이다. 그렇다면 이 현상은 '맛있는 공격성'이라고 부르는 게 어떨까?

　　우리 삶은 생각보다 아름다운 날들로 이루어진다. 노력한 만큼 좋은 결과가 나타나거나 기대했던 일이 저절로 이루어지고, 때로는 생각지도 못한 행운이 찾아오기도 한다. 하지만 일이 잘 풀리는 순간 문득 불안해진다. 내가 이렇게 행복해도 될까? 이 행복이 한순간에 끝나진 않을까? 행복을 마음껏 누리면 큰 벌이라도 받을 것 같은 불안이 엄습해 온다. 사랑하는 사람과 사이가 좋으면 그 사람이 나를 떠날까 두려워지고, 건강한 나날이 지속되면 불치병에 걸린 자신이 그려진다. 아기 천사가 찾아오면 혹여나 하는 마음에 몇 개월이 지나도록 이 사실을 숨기고, 중대한 계약을 앞두고는 말도 안 되는 이유로 엎어지는 건 아닐까 싶어 비밀에 부친다. 좋은 날에도 우리는 나쁜 마음을 품으며 머리를, 눈알을 굴린다.

　　하지만 이 현상은 너무 행복해서 감정의 평형을 맞추려는 뇌의 계략이다. 나쁜 기대를 주어서 지금의 행복을 주저앉히려는 모략이다. 통제할 수 없이 뿜어져 나오는 불행의 기대는 앞으로 일어날 일을 예언하지 못한다.

그렇지만 감정에 휩쓸리는 순간 이야기는 달라진다. 나도 모르게 불행한 일을 선택할 가능성이 커진다. 사랑하는 사람을 의심하다 질리게 만들고, 계약 미팅 때 덜덜 떠느라 신뢰를 잃고, 걱정에 걱정으로 병을 얻는다. 결국에 불안이 현실이 되면 또 이렇게 되뇔 것이다. 역시 이럴 줄 알았어. 안 될 줄 알았어.

아니다! 우리는 그럴 줄 알았던 게 아니라 그 길을 선택한 것이다. 선택하지 않으면 일어나지 않을 일이다. 그러니 속지 말자. 우리 삶은 지금처럼 쭉 행복할 테니까!

꿈이 유난히 신경 쓰일 때

저녁 늦은 시각, 지하 주차장에 차를 세우고 현관을 향해 걸었다. 걷는데 께름칙한 시선이 느껴졌다. 뒤를 돌아보니 멀리서 외국인 한 명이 나를 노려보고 있었다. 깡마른 체형에 검은색 민소매를 입고서. 애써 시선을 외면한 채 현관으로 걸어갔지만 이미 손에는 땀이 흥건해진 지 오래였다. 공동 현관문 비밀번호는 자꾸만 틀렸다. 순간 외국인이 내 쪽으로 걷기 시작했다. 또 한번 비밀번호를 틀렸다. 그 사람의 발걸음은 점점 더 빨라지고, 마침내 문이 열렸다. 이제 막 안도하려는 순간 두피에 끔찍한 통증이 느껴졌다. 머리채를 잡힌 것이다. 그는 나를 낚아채 끌고 나가서는 방금 주차

한 차 위로 내동댕이쳤다. 앞 유리에 몸을 부딪힌 나는 공포에 질려 차마 왜 그러냐고 묻지도 못했다. 그가 오른손을 힘껏 쳐들더니 나를 내리치려 했고, 그 순간 나는 소리를 지르며 침대에서 벌떡 일어났다. 꿈이었다.

당시 나는 노견 한 마리를 키우고 있었다. 깡마른 검은색 미니핀, 이름은 '코'였다. 사실 내가 키운다고 말하기에는 어폐가 있는데 코는 나와 함께 살지 않았기 때문이다. 결혼하면서 코는 원래 살던 친정에 남았고, 나는 새로운 거처를 마련해 집을 떠났다. 시간이 날 때 가끔 보러 가는 정도였다. 그러던 어느 날 아빠에게 전화가 왔다. 코가 뒷다리를 절기 시작했다고. 걱정스러운 마음에 집으로 향했다. 나와 함께 병원에 간 코는 심상치 않은 분위기에 오들오들 떨었고, 의사의 말은 절망적이었다. 나이가 들어 허리 신경이 망가졌고, 다리를 절기 시작한 것은 이미 손쓸 수 없을 만큼 늦은 거라고.

코의 상태는 하루가 다르게 나빠졌다. 좋아하던 음식도 입에 대지 못하고 기력을 잃어만 갔다. 내가 할 수 있는 일이라곤 매일 밤 찾아가 만져 주는 것뿐이었다. 그 길고도 짧은 시간 동안 함께한 날들이 주마등처럼 스쳐 지나갔다. 좋은 기억은 없었다. 바쁘다고 산책도 시키지 않고, 공부하느라 안아 달라는 걸 밀쳐 냈다. 침대에 오줌을 쌌다고 혼을 내고, 돈이 없어 수제 간식 한번 제대로 사 주지 못했다. 뭐 하나 제대로 해 준 것이 없었다. 그리고 그즈음에 그런 꿈을 꾼 것이다. 깡마른 외국인이 달려와 나를 해치는 꿈.

정신분석학자 프로이트는 이런 말을 했다. "꿈은 무의식으로 가는 왕도다." 무의식은 우리 마음 깊은 곳이다. 인정하기 싫은 욕망이나 부끄러운 욕구, 두려움같이 직면하기 싫은 감정을 숨겨 두는 창고다. 눈을 뜨고 평범하게 생활하는 동안은 큰 문제가 없어 보일지라도, 무의식 한구석에 숨겨진 부정적 마음은 어떻게든 자신의 존재를 드러내려 애쓴다. 때로는 말실수로, 때로는 신체적 증상으로, 때로는 꿈으로.

프로이트는 꿈이 그런 기능을 한다고 말한다. 무의식이 자신을 알아 달라고, 더 이상 못 본 척하지 말라고 슬쩍 힌트를 주는 역할 말이다. 그날 밤 날 찾아온 외국인은 나에게 말하고 있었다. 무의식에 숨겨 놓은 감정을 거부하지 말라고.

분명 나의 잘못이 넘쳤음에도 인정하고 싶지 않았다. 인정하는 순간 정말 나쁜 보호자가 될 것 같았다. 아니라고 부정하고, 기억하지 않으려 억압하고, 무엇보다 그럴 수밖에 없었다고, 최선이었다고 합리화했다. 미안함과 죄책감을 무의식 깊은 곳에 숨겨 두었다. 하지만 숨긴다고 사라지는 것은 아니었다.

꿈은 발현 내용과 잠재적 내용으로 구분된다. 발현 내용은 있는 그대로 우리가 감각한 꿈의 줄거리다. 그것만 봐서는 꿈이 우리에게 무슨 말을 건네는지 알 수 없다. 우리가 주목해야 할 부분은 잠재적 내용이다. 잠재적 내용은 무의식적 사고와 감정이다. 있는 그대로 마주하는 것이 감당할 수 없을 만큼 힘겨울 때 거대한 담요로 덮어 놓고 보지 않으려는 마음이다. 잠재적 내용은 우리 앞에 대놓고 드러나지 않는다. 대신 가면을 쓰고 하나의 스토리를 제공하면서 비유적으로 다가온다. 그것이 우리가 꾸는 꿈, 즉 발현 내용이 된다.

꿈속의 외국인은 코와 닮은 모습이었다. 깡마른 체구, 또렷한 생김새 그리고 검은 옷. 꿈에서는 외국인이 나를 괴롭히는 모습으로 발현되었지만 그 안의 상징적 의미는 분명 달랐다. 그건 코에 대한 미안함과 혼나야 한다는 죄책감이었다. 다음 날 나는 다시 코를 찾았다. 이제는 내 목소리가 들리는지도 알 수 없었다. 하지만 귀에 대고 끊임없이 말했다. 잘못한 것을 떠올리며 미안하다고 용서해 달라고 고백했다. 그리고 사랑한다고, 정말 사랑한다고 말했다. 쉬지 않고 말했다.

그날 밤 다시 꿈을 꾸었다. 초록빛 동산 위에 10년 전 먼저 무지개다리를 건넌 나의 첫 번째 강아지 깨비가 있었다. 그 밑에는 동산을 오르려는 코가 있었다. 서로를 발견한 두 녀석은 꼬리를 흔들었고, 한달음에 달려 동산 중간에서 만났다. 둘은 엉덩이 냄새를 맡고 제자리를 빙빙 돌며 잔디를 충분히 누린 후에 함께 꽃이 핀 동산 꼭대기로 달려 올라갔다. 눈을 떴고 마음이 편해졌다. 형아가 데리러 왔구나, 우리 코는 이제 무섭지 않겠네.

이 꿈이 특별한 경험이길 바랐다. 진짜 강아지별에서 깨비가 나에게 보내온 메시지였으면 했다. 물론 그게 사실인지 아닌지는 알 수 없다. 그러나 분명한 것은 끝끝내 마주 보지 않으려던 내 잘못을 직시했다는 것이고, 진심을 담아 고백한 날 이 꿈을 꾸었다는 것이다. 코가 나를 용서했는지 아닌지는 모르지만, 적어도 그 말을 하지 못했다며 후회하진 않을 수 있었다.

우리는 매일 밤 꿈을 꾼다. 기억이 나지 않을 뿐. 때로는 개꿈이라 느껴지는 허무맹랑한 이야기 속에서 헤매기도 한다. 자기 전 얼핏 봤던 드라마 장면이 나오기도 하고, 친구와 나누었던 대화 내용이 등장할 때도 있다. 하루 종일 경험한 일을 장기기억에 차곡차곡 담기 위해 그리고 필요 없는 기억을 지워 버리기 위해 꿈을 꾸기도 한다. 꿈을 꾸는 이유에 대한 과학적 설명은 이루어지지 않았지만 꿈이 존재하는 이유와 기능은 분명 있을 것이다.

유난히 마음에 남는 꿈이 있다. 그럴 땐 한번 생각해 보자. 혹시 이 꿈은 가면을 쓰고 등장한 내 비밀스러운 마음이 아닐까? 나는 무슨 마음을 숨기고 싶은 걸까? 숨겨진 마음은 나에게 무슨 말을 하고 싶은 걸까?

혹시 모르는 일이다. 시간이 지나면 할 수 없는 그 일에 도전할 용기가 생길지도. 더 늦기 전에 사과할 기회를 얻은 나처럼 말이다.

몸이 먼저 반응할 때

누구에게나 엮이고 싶지 않은 악연이 있다. 적어도 한 명쯤은. 나에게 그 사람은 자전거를 즐겨 타던 사람이었다. 어딜 그렇게 (싸)돌아다니는지 가는 곳마다 마주쳐서 애를 먹었다.

당시 나는 대학생이었고, 설탕 코팅으로 덮인 도넛을 파는 유명 카페의 아르바이트생이었다. 빵 공장이라고 불리던 공간에는 동화 같은 풍경이 펼쳐졌다. 먼저 도넛 반죽이 펄펄 끓는 기름 강으로 후드득 떨어진다. 강을 따라 흘러가는 도넛 보트는 장애물에 걸려 한 번씩 뒤집어진 다음 달짝지근한 설탕물이 흐르는 폭포 밑을 지나간다. 그걸 집어

박스에 예쁘게 담는 일이 나의 일이었다. 그렇게 빵 공장에 갇혀 기름과 설탕, 빵 냄새를 맡으며 하루하루를 보냈다.

그날도 어김없이 빵 공장에 갇혀 사명을 다하기 위해 애쓰는 중이었다. 숨을 돌리기 위해 잠시 고개를 든 나는 봐서는 안 될 것을 보고 말았다. 자전거를 탄 그놈. 순간 내 몸은 얼음장처럼 차갑게 굳어 버렸다. 고난은 거기서 멈추지 않았다. 다음 날도 그다음 날도, 나는 매일 한 번씩 끔찍한 동그라미 두 개가 굴러가는 광경을 마주해야 했다. 빵 공장 앞은 그의 라이딩 코스였던 것이다.

몇 년 뒤 새로운 직장에 취직하게 되었다. 직장은 그날 따라 산만했는데, 알고 보니 결혼 때문에 그만둔 직원이 놀러 온 것이었다. 빈손으로 오기 뭐했는지 그의 손에는 설탕 코팅이 된 그 도넛이 두 상자씩 들려 있었다. 일하던 사람들은 휴게실에 모여 도넛을 하나씩 손에 들었다. 나도 도넛 하나를 받아 자리로 돌아왔다.

'오랜만이네' 하는 생각으로 도넛을 한입 문 순간 갑자기 우욱! 뭐야, 임신이야? 드라마라면 그랬겠지만 하늘을 봐야 별을 따지, 그건 아니었다. 그럼 뭐지, 왜 도넛을 먹고 구역질이 나는 거지. 생각할 틈도 없이 순간적으로 그 사람의 존재가 느껴졌다. 자탄놈(자전거 탄 그놈). 몇 년째 마주친 적도 없는데 어째서? 그건 내가 파블로프의 개가 되었기 때문이다.

그 옛날 어느 날, 소화계 연구를 위해 묶인 한 마리 개는 생리학자 파블로프가 음식을 줄 때마다 침을 흘려야 했다. 하지만 어쩐 일인지 개는 계획대로 움직여 주지 않았다. 음식이 나오기도 전부터 침을 흘렸던 것이다. 파블로프는 연구가 실패했다고 생각했다. 하지만 곰곰이 생각해 봤다. 개는 왜 먹을 것도 없는데 침을 흘릴까? 개는 학습한 것이다. 발자국 소리가 나면 곧 먹이가 나온다는 것을. 그래서 발자국 소리만 들어도 이미 침을 질질 흘렸던 것이다.

개만 그런 건 아니다. 우리도 종종 세상이라고 불리는 파블로프를 마주하고 개처럼 반응한다. 치킨을 먹으면서 침을 흘려야 하는데 배달 앱만 훑어봐도 이미 침이 꿀떡, 배달 기사의 초인종 소리만 들려도 침이 꼴깍이다. 이처럼 반응해야 할 자극이 없는데 이미 예측하고 반응해 버리는 것을 '고전적 조건형성'Classical Conditioning이라 부른다.

특정 자극에는 그와 짝지어진 독특한 반응이 존재한다. 레몬 사탕을 물면 침이 나오고, 주먹을 번쩍 드는 사람 앞에선 움찔한다. 볼륨을 줄이지 않고 끈 TV를 다시 켰을 땐 소스라치게 놀라 귀를 막고, 달콤한 음식을 먹으면 기분 좋은 콧노래를 흥얼거린다. 책장에 손을 베이면 스읍! 하고 외치고, 뜨거운 냄비를 만지면 빛의 속도로 손을 뗀다. 무조건적이다. 그래서 반응을 이끌어 내는 자극을 '무조건 자극'Unconditional Stimulus, 그 자극에 대한 반응을 '무조건 반응'Unconditional Response이라고 한다.

　하지만 때로는 아무런 관계도 없던 자극이 갑자기 반응을 이끌어 내기도 한다. 이를테면 우리를 환호하게 만드는 초인종 소리처럼 말이다. 초인종 소리는 아무것도 아니다. 말 그대로 그냥 소리다. 하지만 벨이 울리면 배달 음식이 올라온다는 걸, 택배가 온다는 걸 우린 학습한다. 그래서 벨 소리만 듣고도 반응하는 것이다. 벨 소리가 울린다→배달 음식(또는 택배)이 도착한다→맛있다(기쁘다). 이제 벨 소리는 그 자체로 나에게 행복감을 제공한다. '조건 반응'Conditional Response이 형성된 것이다.

　동네방네를 누비던 자탄놈은 하필 빵 냄새가 달콤한 그곳을 자주 지나다녔다. 그를 볼 때마다 나는 몸서리를 쳤다. 그러면서 내 마음속에는 일종의 기대가 생겼다. 설탕이 코팅된 빵 냄새가 나면 그가 지나갈 것이다. 시간이 지나도 그 감각은 잊히지 않았다. 빵을 한입 무는 순간, 빵 냄새와 맛을 감각하는 순간, 그 사람에 대한 공포가 나를 사로잡았다. 경험으로 학습이 된 것이다.

　　우리의 마음은 경험을 기억한다. 그리고 경험과 관계된 모든 것을 함께 떠올린다. 떠나 버린 애인의 향기가 코끝을 스치면 함께 걷던 추억이 되살아나고, 이사했던 계절이 돌아오면 쓸쓸함이 배가된다. 군대에서 듣던 기상 나팔 소리가 어디선가 울려 퍼지면 전역 후 몇 년이 지나도 소스라치게 놀라고, 추억의 맛이 혀에 닿으면 어머니에 대한 그리움이 새어 나온다. 경험은 그곳에 존재했던 모든 것과 엮여 결코 분리될 수 없는 하나의 덩어리로 마음에 남는다.

　　하루는 볼일을 마친 후 손을 씻는데 또다시 요의가 느껴졌다. 어리둥절해하며 변기에 앉았지만 기대했던 일은 일어나지 않았다. 다시 수도꼭지를 틀자 요의가 느껴졌다. 이런 일이 여러 번 반복되었다. 떠올려 보니 그날만이 아니었다. 문득 큰 병에 걸린 건가 걱정했다. 하지만 엄마의 이야기를 듣고 사건의 전말을 알게 되었다.

　　기저귀를 막 뗀 아기가 변기와 씨름하는 것은 결코 쉬운 일이 아니다. 나에게도 그러했을 것이다. 내가 아주 어렸을 때 엄마는 배변 훈련을 위해 한 가지 묘책을 마련했다. 변기에 앉을 때마다 수도꼭지를 트는 것이다. 쏴 하는 소리와 함께 물이 흘러내리면 나의 몸에서도 그 쓸모없는 물이 흘러나오도록. 그때의 사건을 몸이 기억하고 나를 조종했다. 수도꼭지가 열리면 방광이 반응하게 설정된 것이다.

사람들은 경험의 힘을 간과한다. 시간이 지나면 잊힌다고. 혹은 너무 어려서, 아무것도 몰라서 괜찮다고. 간혹 우리는 정말 잊은 것처럼 기억하지 못한다. 하지만 수많은 연구는 그렇지 않다는 사실을 증명한다. 몸은 기억한다고, 기억하고 반응한다고. 우리가 좋은 마음을 품고 좋은 말을 하고 좋은 경험으로 삶을 채워야 하는 이유다. 좋은 일은 좋은 반응을 이끌어 내는 원동력이 되니까.

나는 사람들에게 어떤 반응을 일으키는 사람으로 기억될까? 문득 궁금해졌다.

긍정적인 생각도
소용없을 때

어딜 가나 이상한 사람이 꼭 한 명씩 있다. 혹여나 없다면 그게 자기라는 말이 있을 정도다. 나는 어느 쪽일까? 다행히도 가는 곳마다 악당 한 명씩은 꼭 만났다. 나는 그쪽은 아닌 모양이라고 안도했다. 그러나 안도감도 잠시, 시련이 너무 컸다. 이상한 사람과 함께하는 일은 결코 견딜 만하지 않았다.

그런 사람들과 오래 함께 지내다 보니 한 가지 사고 습관이 생겼다. 최악의 경우를 미리 떠올리는 것이다. 이 사람 때문에 망가지진 않을까? 저 사람 때문에 손해 보진 않을까? 파국적 사고는 나름대로 도움이 되었다. 진짜 안 좋은 일이 있어도 면역이 생겨 큰 타격을 받지 않을 수 있었다.

그러던 내 삶에도 봄날은 왔다. 꼬였던 일이 풀리기 시작하더니 이상한 사람은 떠나가고 좋은 사람들이 다가왔다. 꿈꾸던 일도 이따금 이루어졌다. 세상을 향한 나의 마음은 시나브로 따뜻해졌다. 걱정이 생겨도 좋게 생각하는 법을 배웠고, 밝은 앞날을 기대했다. 여태 잘 풀렸던 것처럼 앞으로도 잘될 거란 마음가짐으로 살게 되었다. 그렇게 '방심'했다.

유기견 한 마리를 가족으로 맞이해 따뜻한 날들을 보내던 중이었다. 그날도 즐겁게 산책을 다녀와 강아지의 발을 닦아 주고 있었다. 그러다 발바닥 패드 하나가 불긋하게 부어오른 것을 발견했다. 모기에 물렸나 했다. 긍정적인 나는 별일 아닐 거라고 믿어 의심치 않았다.

하지만 하루가 지나고 이틀이 지나고 며칠 밤이 지나도 부기는 가라앉지 않았다. 동네 병원을 향했다. 병원에서는 단순 뾰루지라며 약을 처방해 주었다. 역시 별거 아니었다는 생각에 안심했다. 약을 먹이니 부기가 가라앉았다. 하지만 그때뿐, 시간이 지나니 다시 재발했다. 강아지를 오래 키운 지인들은 너나 할 것 없이 불행한 말을 던져 댔다. 종양이 의심된다는 재수 없는 소리였다. 하지만 긍정의 여신인 나는 그들의 말을 귀담아듣지 않았다. 설마 우리 강아지에게 그런 일이 생기겠느냐며 좋게 좋게 생각했다. 하지만 긍정은 생각에 그칠 뿐 현실을 바꾸지 못했다. 발바닥 전체가 부어오르기 시작한 것이다.

큰 동물 병원에 갔다. 정밀 검사를 했고 종양으로 의심되는 세포가 발견되었다. 결과는 30분도 채 지나지 않아 나왔고, 검사비는 고작 육만 원이었다. 종양이 의심되는 발가락을 절단하기로 하고 수술 날짜를 잡았다. 집에 돌아오는 길이 멀게만 느껴졌다. 그동안 얼마나 아팠을까? 그 생각이 들자 나에 대한 혐오감이 밀려왔다. 3개월이라는 시간을 미련하게 버텼다. 좋게 생각하면 잘 풀릴 거라는 막연한 기대를 붙들고. 그런데 긍정적으로 생각한 결과가 고작 이런 거란 말인가. 긍정은 개뿔.

나는 긍정적인 사람이 되었다. 아니, 되었다고 착각했다. 나는 그저 마음이 여려진 것이었다. 시련에 단련된 잡초 같던 마음이 온실의 화초처럼 물렁해졌다. 좋은 일 몇 번에 말이다. 나에게 긍정적 생각은 사실 두려운 현실을 회피하는 일종의 방어기제였다. '부정'Denial. 현실을 있는 그대로 받아들이지 못하고 부인하는 것. 죽은 자녀의 아침밥을 매일같이 차리는 엄마, 허공을 보며 이미 떠난 애인에게 말을 건네는 사람, 병명을 진단받고도 의사를 돌팔이 취급하는 환자. 그럴 리가 없다고, 나한테 그런 일이 일어날 리 없다고 외치는 드라마 속 주인공처럼. 주어진 불행을 바라보지 않고 그저 잘될 거라고 믿는, 아니 믿는 척하는 나는 부정하는 사람이었다.

반려동물이 유기되는 이유는 가지각색이다. 털 날린다고, 너무 컸다고, 더 이상 귀엽지 않다고, 말을 안 듣는다고, 집 안을 엉망으로 만든다고, 병원비가 많이 든다고, 귀찮다고. 물론 그 모든 이유는 핑계일 뿐, 무책임한 인간이 문제의 근원이지만.

그럼에도 이 아이를 보며 왜 버려졌을까 고민하지 않을 수 없었다. 겉으로 보기엔 아무런 문제가 없어 보였다. 그럼 행동이 문제인 건가? 하지만 집에 오자마자 패드로 조르르 달려가 배변을 하는 모습을 보니 그것도 아닌 듯했다. 그러면 어딘가 아플지도 모르는 터였다. 하지만 그 사실만큼은 받아들이고 싶지 않았다. 차라리 말썽을 피우는 것이 나았다. 아프지 않을 거라고, 오래 내 곁에 머물 거라고 믿고 싶었다. 두려움을 억압하고 현실을 회피했다. 별거 아니라는 동네 병원 의사의 말에 기대 희망적인 생각만 했다. 곧 나아질 거라고. 시간이 다 해결해 줄 거라고.

'좋은 일 생길 것 같아요? 안 생겨요.'

몇 해 전 시니컬한 문구가 유행처럼 번졌다. 자매품으로 '애인 생길 것 같아요? 안 생겨요' 등이 있었다. 사람들이 이에 열광했던 이유는 무엇일까? 현실 고증이기 때문이다. 우리 삶에는 좋은 일만 일어나지 않는다. 그런 일은 정말이지 잘 안 생긴다. 기대했던 일은 쉬이 어그러지고, 실망스러운 일은 빈번히 찾아온다. 그럴 때 우리는 용기를 가져야 한다. 부정적인 일이 일어날 가능성을 직면하는 용기.

대비할 수 없는 불행은 종종 우리를 찾아온다. 이는 우리의 통제권을 벗어난 일이다. 긍정적 마음만으로는 해결할 수 없다. 우리가 할 수 있는 것은 그 일이 일어날 수도 있다는 의심 그리고 경계와 대비다. 그것을 잘해 내려면 안 좋은 일이 일어날 가능성을 염두에 두어야 한다. 그럼 역시 비관적인 사람이 승자인가? 그건 또 아니다. 좋게 생각하는 것은 여전히 좋은 것이다. 그럼 도대체 어쩌란 말이냐. 답은 이거다. 현실을 긍정할 것이 아니라, 그럼에도 불구하고 극복할 나 자신을 긍정하는 것.

사건이 터지는 것은 막을 수 없다. 하지만 그 후의 노력은 통제할 수 있다. 강아지의 종양은 어찌할 수 없는 영역이었으나, 병원을 찾아가 검사를 받고 치료하고 돌보는 건 할 수 있는 일이었다. 하지만 나는 반대로 굴었다. 할 수 없는 일은 긍정하고, 할 수 있는 나는 부정했다. 그러면서 긍정적으로 생각하고 있다며 정신 승리했던 것이다.

긍정의 힘은 무한하다. 그렇다고 긍정의 가면에 속아서는 안 된다. 긍정은 때때로 우리를 역습한다. 가장 풀어진 순간에 다른 얼굴을 하고 찾아온다. 불안을 감추기 위해 긍정으로 덮어 놓은 현실은 결국 드러나고 만다. 진정 긍정적 마음이란 어떤 일이 일어나더라도 감당해 낼 수 있다고 나를 믿는 태도다. 비겁한 긍정은 힘이 없다. 긍정의 힘은 용기와 노력이 함께할 때 비로소 반짝반짝 빛난다.

행복에 금세 무뎌질 때

강아지를 키우기 전 몇 가지 고민에 반드시 답을 내려야 한다. 감당하기 어려운 문제가 따르기 때문이다. 우리가 가장 우려했던 부분은 냄새였다. 음식 냄새만 맡아도 재료를 분간해 내는 개코 남편에게 강아지 냄새는 치명적일 터였다. 냄새에 대한 긴 논의 끝에 우리는 새 가족을 맞이했다.

마롱이와 처음 보낸 계절은 여름이었다. 숨이 넘어갈 만큼 뜨거운 기온이었다. 밖으로 나갈 엄두가 나지 않았다. 주말이 되면 에어컨을 풀가동한 집에서 종일 뒹굴뒹굴했다. 먹고, 자고, 밀린 드라마를 몰아 봤다. 배달 음식으로 끼니를 때우고, 절전 모드의 잉여 인간이 되어 나른한 오후를 보냈다.

　저녁이 되어서야 엉망이 된 집이 눈에 들어오고 정신이 번쩍 들었다. 기지개를 켜고 분리수거를 위한 긴 여정을 떠났다. 쓰레기를 버리고 집으로 돌아온 후 우리는 적잖이 당황했다. 쓰레기 하나 없는 집에서 고약한 냄새가 풍겼기 때문이다. 에어컨 냄새부터 음식 냄새에 강아지 응가 냄새까지. 오염된 냄새가 집 안 가득 차 있었다. 온종일 이 냄새에 파묻혀 지냈다니, 심지어 개코 남편이 이 냄새를 못 느꼈다니. 우린 왜 강아지 키우길 유예해 온 걸까? 황당함과 동시에 웃음이 터지고 말았다.

　인간은 적응의 동물이다. 갑작스럽게 풍겨 오는 냄새에는 민감하게 반응하지만 서서히 퍼지는 냄새에는 차차 익숙해진다. 마롱이가 곁에서 시원하게 응가를 하고, 우린 배달 음식 냄새를 풍기며 식사를 했다. 그 공기를 에어컨이 최선을 다해 순환시키며 집 안 가득 채웠다. 그 시간 동안 우리는 서서히 길들여졌다. 제아무리 개코 김씨라도 소용없었다. 인간은 냄새에 적응하는 존재인 것이다.

　인간이 적응하는 것이 냄새뿐이랴! 두 달 전 나는 무려 반으로 접히는 최신 스마트폰을 손에 쥐었다. 고가의 신문물을 볼 때마다 뿌듯함에 미소가 떠올랐다. 그렇게 녀석은 나를 기쁘고 설레게 했다. 그랬던 휴대폰은 지금 우리 집 거실 어딘가에 덩그러니 던져져 있다. 소파에 툭, 침대에 턱, 바닥에 아무렇게나 던져 놓는 일이 부지기수이고 강아지가 이따금 폰을 밟아도 신경 쓰지 않는다. 더 이상 이 친구는 내게 소중하고 특별한 기분을 선사하지 못한다. 적응하고 만 것이다.

투룸에서 아파트로 이사 오던 날, 인생의 목표를 이룬 듯했다. 하지만 이제 자가가 아닌 전세라는 사실에 불평한다. 적어도 50평은 되는 '내' 집이 아니고서야, 멋스럽게 리모델링한 구옥이 아니고서야 성에 차지 않는다. 새로 산 옷은 한두 번 입으면 다시 입고 싶지 않고, 아무리 맛있는 음식도 두 끼를 연달아 먹으면 물린다. 인간은 이다지도 쉽게 익숙해지고 금세 싫증을 내는 존재다.

좋은 조건을 가졌다고 달라지는 건 아니다. 혜성처럼 떠오른 아이돌 스타의 인터뷰 영상을 봤다. 이른 나이에 데뷔해 추억거리가 없다는 이야기를 나누고 있었다. 소원이 있다면 친구들과 분식집에 앉아 떡볶이 같은 걸 먹는 거라는 말도 덧붙였다. 떡볶이를 먹으며 그 장면을 보던 나는 젓가락을 탁 내려놨다. 그가 입은 옷은 명품이고, 그가 타고 돌아갈 차는 외제 차이며, 그가 사는 집은 한강이 보이는 리

버 뷰 프리미엄 아파트였으니까. 떡볶이 같은 거? 내가 먹던 떡볶이 다 줄 테니 나랑 바꾸든가!

'당신을 행복하게 하는 것은 무엇입니까?'라는 질문을 받은 대다수가 주춤한다. 거창한 대답을 해야 할 것 같은 부담을 느끼기 때문이다. 첫사랑과의 결혼, 한 달간의 해외여행, 내 집 마련, 사업 성공, 로또 당첨, 자녀의 인서울 대학 입학…… 우리는 대단한 소망이 이루어질 때 비로소 행복이 완성된다고 믿는다. 인생 최고의 성공이 곧 행복이라는 믿음 때문이다. 좋다. 그런 일도 분명 우리를 행복하게 한다. 하지만 일생에 한번 이루어질까 말까다. 이런 행복을 꿈꾸다 보면 평생 한번도 행복하지 못하고 인생의 막을 내릴 수도 있다. 물론 부단히 노력해 기어이 해내기도 한다. 혹은 얻어걸려 행복을 손에 쥐기도 한다. 그럼 이제 영원히 행복할까? 안타깝게도 그렇지 않다. 우리의 삶은 동화처럼 '오래오래 행복하게 살았습니다'로 마무리되지 않는다.

행복을 마주한 순간에는 황홀감에 빠진다. 하지만 이내 우리는 적응하고 만다. 붕 떠올랐던 기분은 금세 제자리로 다시 돌아간다. '쾌락의 쳇바퀴'Hedonic Treadmill 현상이다. 기분은 높거나 낮은 방향으로 흘러가지 않는다. 쳇바퀴처럼 빙빙 돌아 기어이 원상 복귀한다. 우울하던 사람은 다시 우울한 원점으로, 유쾌하던 사람은 다시 유쾌한 원점으로. 큰 성공을 누린 연예인 역시 거기에 적응하고 또 다른 행복을 추구한다. 행복은 오래 버티지 못한다.

음악을 즐기기로 유명한 가수가 있었다. 신곡이 유튜브를 통해 소위 '떡상'하면서 세계적 유명 인사가 되었고, 우리나라의 위상을 높이 떨쳤다. 하지만 그는 그 후로 오랫동안 음원을 발매하지 못했다. 이젠 음악이 즐겁지 않다며 오히려 우울감을 호소했다. 더 좋은 노래를 만들 자신도, 더 큰 성공을 이룰 가능성도 없다고 믿었기 때문이다.

인생의 정점을 찍는 순간이 오면 끝없는 행복에 파묻힐 것 같다. 하지만 현실은 그렇지 않다. 행복은 소모품과 같아서 한번 사용하면 닳아 없어진다. 그러니 우리는 행복을 무작정 기대할 필요가 없다.

이렇게 글을 끝내면 너무나도 안타까울 것이다. 하지만 다행히도 우리에게는 희망이 있다. 행복의 조건을 재정립하면 된다. 적응된 행복보다 더 큰 행복을 찾는 것이다. 예를 들어, 최신 스마트폰을 산다→행복하다→적응이 끝나고 행복감이 증발한다→최신 노트북을 산다→행복하다→적응이 끝나고 행복감이 증발한다→최최신 웨어러블 워치를 산다→행복하다→적응이 끝나고 행복감이 증발한다→

최최최신 태블릿PC를 산다…… 이렇게 살면 행복을 유지할 수 있다. 참 쉽죠? 아니다. 안타깝게도 우리는 재벌 2세가 아니기에 이렇게 살 수 없다.

우리는 행복에 금방 익숙해진다. 그러므로 더 나아져야 한다. 그런데 처음부터 어마어마한 행복을 누린다면 어떻게 될까? 그보다 더한 행복을 찾지 못하면 불행해진다. 해외여행을 다녀오면 국내 여행은 시시해지고, 최고급 요리를 먹으면 편의점 음식은 맛없게 느껴진다. 정점의 행복은 그 외의 일을 행복의 경계 밖으로 밀어낸다. 그러니 처음부터 무리한 행복을 찾아서는 안 된다. 우리의 행복은 쉽고 값싸고 보잘것없어야 한다. 만만한 행복을 찾아야 하는 것이다. 그러면 업그레이드가 쉬워진다. 그럴수록 더 자주 행복해질 수 있다. 보여 주기 위한 행복은 이제 그만. 나를 미소 짓게 하는 것이라면 무엇이든 괜찮다.

나에게는 값싼 행복 메뉴판이 있다.

얼그레이 티에 밀크폼 추가해 마시기(4000원)

분식집 떡볶이(비싼 건 제외, 4000원)

유튜브로 재즈 음악 틀고 티백 홍차 마시기(200원)

도서관에서 책 빌리기(공짜)

미세먼지 없는 날 산책하기 (공짜)

강아지의 코 고는 소리 듣기 (공짜)

강아지 발 냄새 맡기 (공짜)

조카와 영상통화 (무료)

해외 직구 하기 (한국보다 저렴함)

실물보다 날씬하게 나온 사진 SNS에 올리기 (공짜)

강아지와 고양이 동영상 보기 (공짜)

『쇼미더머니』 다시보기 (회당 2200원)

『벼랑 위의 포뇨』 오프닝 영상 보기 (넷플릭스 월정액 구독)

배달 음식에 따라 온 펩시콜라 중고 거래 (수익 창출)

전기장판 위에서 극세사 이불 덮고 낮잠 (공짜)

좋아하는 작가 신간 소설 예약하기 (약 15000원)

내 책 리뷰 찾아보기 (좋은 글만 골라 본다, 공짜)

내 귀여운 강아지 자랑 (공짜)

신나는 노래에 덩실덩실 춤추기 (무료)

모아 놓은 카드사 포인트로 쇼핑 (포인트 차감)

카페 시그니처 메뉴 시켜 먹기 (8000원)

안 보는 책 나눔하기 (택배비 조금, 나누는 기쁨)

옛날 사진 보기 (무료)

책장 정리 (무료)

나를 행복하게 하는 값싼 취미다. 한두 개가 아니므로 돌려 막기가 가능하다. 적응되거나 지루해질라 치면 또 다른 행복을 고르면 된다. 덕분에 나는 하루에도 여러 번 행복할 수 있다.

사람들은 말한다. 사는 게 재미없어요, 내가 뭘 좋아하는지 모르겠어요, 내 인생은 지루함으로 가득 차 있어요. 그런가요? 그렇다면 축하합니다! 지금 행복하지 않다는 건 앞으로 뭘 하든 행복할 거라는 뜻이거든요. 아직 행복하지 않다는 건 이제 행복할 일만 남았다는 뜻이다. 지금 행복하지 않다면 비로소 행복할 준비가 된 것이다. 행복은 멀리 있지 않다. 이제 무엇부터 시작할지 골라 보자.

웃음이 필요할 때

작년 6월 가족이 된 마롱이는 우리 집에 오자마자 두 차례 수술을 받았다. 회복하는 동안은 산책이 어려웠다. 그래서 생각해 낸 방법이 개모차(개를 태우는 유아차)였다. 아기를 태우듯 강아지를 유아차에 태우고 함께 콧바람을 쐬는 것이다. 우리는 하루 30분씩 함께 바람을 쐬었다. 그렇게 산책을 거듭할수록 기분이 좋아졌다. 나도 모르게 콧노래를 흥얼거렸다. 쓸데없는 일에도 웃음이 났다. 나는 왜 행복해진 걸까? 무엇이 나를 행복하게 만든 걸까?

처음엔 귀여운 생명체가 존재한다는 사실이 나를 행복하게 만든다는 결론을 내렸다. 물론 틀린 말은 아니다. 하지만 더 큰 이유가 있었다.

유아차를 탄 강아지라, 참으로 생경한 풍경이다. 당연히 아기가 있겠거니 하고 본 사람들은 빼꼼 고개를 드는 털뭉치를 보고 깜짝 놀란다. 그리고 열에 아홉은 까무러친다. 꺅! 너무 귀여워! 괴성과 함께. 나보고 귀엽다고 한 것도 아닌데 괜스레 볼이 실룩거린다. 내가 마치 '꺅! 너무 귀여운' 사람이 된 것마냥. 그래서 기분이 좋아진 것인가? 그것도 가능한 가설이다. 하지만 더 강력한 원인이 있다. 그건 사람들의 미소 그리고 그 미소를 보고 나도 몰래 짓게 되는 표정 때문이다.

코로나19로 집에만 있기를 2년. 혼자 있는 시간이 길어질수록 웃을 일도 줄었다. 어쩌다 친구와 메신저로 우스운 이야기를 나눌 때도 손가락으로만 'ㅋ'을 연타할 뿐 얼굴은 굳어 있었다. 예능 프로그램을 볼 때도 피식 소리가 날 듯 말듯, 얼굴 근육을 쓰며 웃어 본 지가 언제인지. 어쩌다 밖에 나갈 때면 표정은 더욱 굳었다. 좁은 골목을 지날 땐 사람이라도 마주칠까 긴장했다. 마스크를 턱에 걸치고 담배를 태우는 사람이나 코에 걸치고 걷는 사람을 노려봤다. 혹시나 기침하면 어쩌지 하는 긴장감에 온몸이 경직되었다. 살짝이라도 스치지 않겠다는 다짐으로 경계하며 지내

왔다.

　그런 내 삶에 사람들의 미소가 침범했다. 강아지 한번 보겠다고 방실방실 웃으며 길을 막는 어린이, 그 어린이를 보고 함께 즐거워하는 엄마와 아빠, 비속어가 섞인 다소 과격한 애정 표현을 던지는 청소년, 정색하고 통화하며 지나가다가도 눈으로 미소를 던지는 직장인, 인형 같다고 속닥거리며 곁을 스쳐 가는 부부, 한번 만져 봐도 되느냐고 다가오는 점원. 승천한 그들의 광대는 마스크로도 가릴 수 없었다. 그리고 그 미소를 볼 때면 나 또한 엄마 미소를 짓게 되었다.

　우리의 뇌는 얼굴 근육에 관여하는 부위와 정서에 관여하는 부위가 인접해 있다. 그러다 보니 표정만 지어도 관련 정서 반응이 촉진된다. 행복해서 웃는 게 아니라 웃어서 행복하다는 말처럼 웃는 표정을 지으면 우리의 뇌는 착각한다. 어? 지금 행복한가 보다! 그리고 행복감을 고조시킨다. '안면 피드백 가설'Facial Feedback Hypothesis이다. 우리의 정서가 안면, 그러니까 얼굴의 피드백을 받아 촉진된다는 것이다.

　뇌는 생각보다 단순해서 곧이곧대로 정보를 받아들인다. 지금 느끼는 정서와 상관없다. 단순히 표정만 지어도 깜

빡 속는다. 행복하지 않은데도 웃으면 행복한 줄로 착각한다. 독일 심리학자 프리츠 슈트라크 연구팀이 이 효과를 실험으로 증명했다. 연구팀은 실험에 참여한 사람들에게 볼펜을 물고 만화를 보는 단순한 과제를 시켰다. 이때 한 그룹은 볼펜을 어금니로 물도록 그리고 다른 그룹은 입술로 물도록 지시했다. 어금니로 볼펜을 문 사람들은 자연히 '이~' 하는 표정의 근육을 사용했는데, 이는 마치 환하게 웃는 얼굴 같았다. 반면에 입술로 문 사람들은 '뿌~' 하는 얼굴 근육을 사용했고, 이는 마치 삐진 사람의 뽀로통한 표정과 같았다. 어느 그룹에 속한 사람들이 더 만화를 재미있다고 응답했을까? 예상하다시피 볼펜을 어금니로 문 사람들이었다. 웃는 표정이 기분을 고조시킨 것이다.

행복을 느끼려면 웃어야 한다. 그런데 웃을 일이 있어야 웃지! 이때는 또 다른 뇌의 친구들에게 맡기면 된다. 전두엽에는 거울뉴런이라는 친구들이 사는데 그들은 따라쟁이다. 앞에 있는 사람이 경험하는 것을 마치 내가 경험하는 것처럼 느끼고 그들의 행동을 자연스레 모방하게끔 한다. 얼굴을 찡그린 상대를 보면 미간에 주름이 생기고, 상대가 웃으면 자기도 모르게 웃는 건 거울뉴런의 작품이다.

마롱이를 본 사람들은 귀여움에 미소 지었다. 그들의

표정을 보자 나의 거울뉴런이 작업에 들어갔다. '따라 해! 저 사람들 따라 웃어!' 하며 나의 안면 근육을 조종했다. 거울뉴런의 명령을 받은 나는 엄마 미소를 지었다. 그러자 뇌가 또 반응했다. '오호라, 웃는 근육을 쓰네? 지금 행복하구나!' 하며 행복에 더욱 힘을 실어 준 것이다.

행복해지는 가장 쉬운 방법은 웃는 것이다. 웃는 근육을 사용해 뇌를 속이고 내가 정말 행복하다고 믿게 만드는 것이다. 그러면 뇌는 근육을 사용한 것을 잘못 해석해 행복한 감정을 고조시킨다. 그 감정에 우리는 더 웃고, 웃으면 더 행복해지고, 더 행복해지면 더 웃고…… 무한 반복!

예전에는 행복하기 위해 누군가 노력해 주길 바랐다. 무언가 해 주길, 나를 위해 베풀어 주길. 특별한 사건이 일어나야 비로소 행복하다고 믿기도 했다. 하지만 그런 일은 쉬이 일어나지 않았다. 이런 마음가짐으론 영원히 행복할 수 없었다. 하지만 마롱이와의 개모차 산책은 행복의 주체성을 바꿔 주었다. 귀여운 마롱이를 보여 주자 사람들이 웃었다. 그 웃음에 나도 웃었다. 그리하여 행복해졌다. 내가 선사한 행복이 나에게 되돌아온 것이다. 결국 행복은 내가 먼저 건넬 때 차지할 수 있는 것이다.

'저 인간을 보면 도저히 웃음이 안 나와' 하는 사람이 많다. 혼자 잘해 주는 건 억울하고 분하다. 하지만 간과한 사실이 하나 있다. 상대를 미소 짓게 하는 것은 그가 아닌 나를 위한 일이라는 것.

타인의 미소는 나를 미소 짓게 한다. 그러니 웃고 싶다면 웃게 해 주자. 미워도 괜찮다. 그는 나를 웃게 만들 도구일 뿐이다. 이런 생각을 하면 마음이 조금은 편안해진다.

나오는 말
: 숨겨진 유리 조각을 찾아서

저는 제가 그렇게 따뜻한 사람이 아니란 생각을 종종 합니다. 감정보다 이성이 앞선 사람이기 때문이지요. 그런 제가 심리학을 공부한다는 건 무슨 의미였을까요?

많은 사람이 심리학을 전공했다고 하면 상담가일 거라 기대합니다. 여러 가지 고민을 털어놓기도 하지요. 하지만 저는 상담을 전공하지 않았어요. 할 수 없었지요. 사람들의 상처를 보듬어 줄 만큼 다정한 사람이 못 된다고 생각했거든요.

많은 문제를 머리로 접근하며 살아왔습니다. 제법 큰 도움을 받았고요. 심리학을 전공하게 된 것은 이런 저에게 큰 의미였어요. 살아오면서 받은 상처, 현재 나를 만들어 낸 여러 가지 경험, 나를 이끄는 주변 환경을 하나씩 이해할 수 있었거든요. 심리학은 정답을 알려 주는 학문이 아니더군요. 옳고 그름을 판단해 주지도 않고요. 어떻게 하라 가르쳐 주지도 이끌어 주지도 않아요. 그저 마음은 그렇게 생겨난 것이라고 알려 줄 뿐이지요. 그런데 그것만으로도 큰 위로가 되었어요. 그래도 되는구나 하는 마음을 가질 수 있었으니까요.

다정한 위로가 아닌 학문적 접근으로 사람들에게 도움을 줄 수 있을까? 저의 가장 큰 고민거리였습니다. 책을 계속 내도 될까? 나 자신에 대한 의심도 여러 차례 해 왔지요. 그런데 신기하게도 그럴 때마다 독자로부터 연락을 받았어요. 책을 읽고 부모님을 꼭 안아 드렸다, 오래 연을 끊은 친구에게 연락을 했다, 여자친구 혹은 남자친구에게 사과했다, 그 사람을 용서할 수 있게 되었다, 참았던 눈물을 펑펑 쏟고 속이 후련해졌다. 제가 한 일이 아니었어요. 저는 하고 싶은 말만 했을 뿐이에요. 제가 답을 준 게 아니라 독자가 답을 찾아낸 것이지요. 하지만 그들은 제게 고맙다는 인사를 건넸습니다. 그 인사는 마치 글을 계속 써도 된다는 격려 같았어요.

　나의 앎이 누군가의 삶에 침투해 희망이 되고 변화를 일으키는 것, 그건 기적과도 같은 일이에요. 그런데 저는 그 기적을 경험했습니다. 나조차 하지 못했던 실천을 해내고야 마는 이들을 보며 오히려 제가 용기를 얻습니다. 그것이 저를 얼마나 벅차오르게 만드는지요.

　오래전 유리 조각에 발이 쓸리는 사고를 당한 적이 있습니다. 피를 제법 많이 흘렸지요. 다음 날 병원에 가서 진료를 받는데, 담당 의사가 환부를 누르며 아프냐는 거예요. 당연히 아프지요, 찢어졌잖아요. 그러자 의사는 엄청나게 아픈 거 맞냐고, 그러면 속에 유리가 박힌 걸 수도 있다고 하더군요.

　저는 제가 얼마나 아픈지, 이게 정말로 '엄청나게' 아픈 건지 알지 못했어요. 대답을 망설였습니다. 그러자 의사는 그 정도로 아픈 거면 괜찮다고, 대충 연고를 바르고 밴드로 덮어 버렸지요. 그렇게 진료가 끝났습니다. 하지만 오랜 시간이 흘러 상처가 아물고도 여전히 환부가 아팠습니다. 붉게 부풀어 올랐다 가라앉기를 반복했지요. 다른 병원에 가서 엑스레이를 찍었습니다. 그리고 그 안에 여전히 작은 유리 조각이 있는 것을 발견했어요. 유리는 투명해서 수술로도 꺼내기 힘들다고 했습니다. 환부가 아물기 전에 꺼냈으면 좋았을 거라고, 다른 위치로 옮겨 가지 않게 잘 지켜보자고만 하더군요.

우리는 모두 이런 삶을 살아가는 것 같아요. 마음에 상처 하나씩 품고. 사람들은 말하지요. 누군 안 힘드냐고. 그 정도면 괜찮은 거라고. 원래 그만큼은 아픈 거라고. 그렇게 겉만 아문 채로 살아가도 된다고 생각해요. 그런데 그 순간에 빼내지 않으면 영영 뺄 수 없는 투명하고 날카로운 무언가가 있습니다. 시기를 놓치면 평생 안고 살아야 하지요. 저는 그 마음의 유리 조각에 이름을 붙이고 싶었습니다. 그리고 빼내야 한다고 진단하고 싶었습니다.

저는 특별한 사람이 아니기에 저에게 일어나는 일 또한 특별하지 않다고 생각합니다. 다시 말해 제 이야기는 흔하디흔한 삶의 파편이겠지요. 누구나 한 번쯤 경험해 본. 그러니 제가 공부하며 붙인 이름 하나하나가 당신의 것이 될 수도 있지 않을까요?

내 마음 공부하는 법
: 마음에 이름을 붙이자 내 마음을 알게 되었다

2022년 6월 14일   초판 1쇄 발행
2024년 8월 24일   초판 6쇄 발행

지은이
신고은

펴낸이	**펴낸곳**	**등록**	
조성웅	도서출판 유유	제406-2010-000032호 (2010년 4월 2일)	

주소
경기도 파주시 돌곶이길 180-38, 2층 (우편번호 10881)

전화	**팩스**	**홈페이지**	**전자우편**
070-7731-4645	0303-3444-4645	uupress.co.kr	uupress@gmail.com
	페이스북	**트위터**	**인스타그램**
	facebook.com /uupress	twitter.com /uu_press	instagram.com /uupress
편집	**디자인**	**조판**	**마케팅**
인수, 류현영	이기준	정은정	전민영
제작	**인쇄**	**제책**	**물류**
제이오	(주)민언프린텍	라정문화사	책과일터

ISBN 979-11-6770-029-2 03810